현대일본어문법

이묘희 · 금종애

제이앤씨
Publishing Corporation

머리말

　최근에 일본어를 배우려는 학습자는 계속 증가하고 있고, 학습 목적 또한 다양화되어가고 있습니다. 그 중에서 일본어 문법을 체계적으로 배우고 싶다는 요구도 꽤 많이 있습니다. 일반적으로 한 언어를 외국어로서 습득하려는 학습자에게 문법의 습득은 필수불가결한 사항이라고 할 수 있습니다. 문법의 습득이 제대로 이루어지지 않으면, 자신이 표현하려는 내용을 글로서, 또는 말로서 자유롭게 표현할 수 없기 때문입니다. 하지만, 이러한 문법에 대해 대부분의 학습자들은 어렵고 지루하다는 인식을 가지고 있는 경우가 많습니다. 이러한 문제점은 일본어 학습에 있어서도 마찬가지일 것입니다. 이러한 문제의식으로부터 본 교재에서는 현재 일본의 각 학교에서 가르치고 있는 학교문법을 다양한 예문을 사용하여 알기 쉽게 풀이하여, 일본어를 처음 배우는 학습자, 또한 일본어를 배웠더라도 일본어 기초가 부족한 학습자에게 도움이 되도록 구성하였습니다. 또한, 각 장의 말미에는 자칫 지루함을 느끼기 쉬운 문법 공부의 흥미를 불러일으킬 수 있도록 특징적인 일본어에 대해 소개하였고, 연습문제를 제시하여 각 장에서 학습한 내용을 활용, 응용, 복습할 수 있도록 하였습니다.
　본 교재의 구성을 좀 더 구체적으로 살펴보면, 우선 제1부에서는 문법 습득에 있어서 중요한 말의 단위인 어(語), 문절(文節), 문(文)에 대해 다루었습니다. 또한, 제2부에서는 일본어의 학교문법에서 다루고 있는 일본어의 10품사에 대해 자세히 다루어 학습자가 일본어의 기초문법을 습득할 수 있도록 하였습니다. 마지막으로 제3부에서는 학습자에게 보다 전문적인 문법지식을 제공하기 위해 일본어의 보이스, 모달리티, 텐스·아스펙트 등 좀 더 발전된 단계의 문법사항에 대해서도 다루어 학습자들이 실력향상을 도모할 수 있도록 하였습니다.

　아무쪼록 이 문법서가 일본어를 학습하려는 학습자의 문법 습득과 실력 향상에 조금이나마 보탬이 되기를 기대합니다.

　마지막으로 이 책의 출판에 적극적으로 협조해주신 제이앤씨 출판사 관계자 여러분께 깊은 감사의 말씀을 드립니다.

2006년 저자

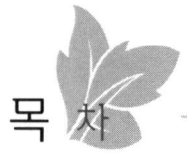

목 차

현대일본어문법 **제1부**

제1장 문법이란

문법이란?

문법이란 언어의 사용법, 문을 만드는데 있어서의 규칙을 가리킨다. 우리들은 이러한 문법을 습득함으로서 여러 가지 표현을 만들 수 있고, 만들어진 표현을 자유롭게 해석할 수도 있다.

그렇다면, 과연 이러한 문법은 어떻게 만들어지는 것일까? 우리는 흔히 문법에 대해 생각할 때 누군가가 정해놓은 문법이 있고, 우리가 그 문법을 습득하여, 그 문법에 맞게 언어생활을 하고 있다고 생각한다. 하지만, 우리가 문법을 생각할 때에 주의할 점은 누군가가 정한 문법이 원래 있어서 그것에 따라 우리 모두가 이야기하고 있는 것이 아니라, 모두가 이야기하고 있는 것을 오랫동안 관찰을 거듭하여 그것을 법칙화한 것이 문법이라는 것이다. 즉, 문법이라는 것은 사람이 이야기하거나 쓰거나 한 것을 오랫동안 관찰하여 말 속에 있는 법칙을 발견한 것이다. 우리가 국어의 문법이나 일본어의 문법으로 배우는 것은 그렇게 오랫동안 관찰하여 찾아낸 법칙을 문법학자가 이론적으로 정리해 놓은 것이다.

문법의 종류

일본어의 문법에는 어떠한 종류가 있는지 살펴보자. 일본어의 문법은 흔히 구어문법(口語文法)과 문어문법(文語文法)으로 나누어진다. 구어문법이란, 구어(口語)의 문법을 말하는 것으로, 현대 공통어를 기본으로 한 학교문법을 말하는 것이 보통이다. 학교문법(学校文法)이란, 일본의 학교에서 가르치고 있는 문법으로 하시모토신키치(橋本進吉:1887~1945)에 의해 제창된 하시모토 문법을 기초로 하여 만들어진 문법체계이다. 또한, 문어문법이란, 문어(文語)의 문법으로 일반적으로 헤이안 시대(平安時代) 중기의 고전어를 기본으로 한 규범문법을 가리킨다.

구어의 문법인 구어문법과 문어의 문법인 문어문법은 대조적인 관계에 있는데, 문어문법이 고전을 바르게 독해하기 위해 기능하는데 대해, 구어문법은 보다 바르게 현대어를 표현, 이해하기 위해 기능하는 경우가 많다. 최근에는 일반적으로 구어문법이라는 용어 대신에 일본어문법, 현대문법, 현대어문법, 현대일본어문법이라는 용어가 사용되고 있고, 문어문법은 흔히 고전문법이라는 용어가 사용되고 있다.

제2장 문, 문절, 단어

1 문(文)

　문이라는 것은 사고나 감정을 언어로 표현할 때, 구체성, 통일성, 완결성을 가진 문법상의 기본적 단위이다. 문에는 눈앞에 펼쳐진 넓은 바다에 감격하여「海！」라고 외칠 때처럼 단어 하나만으로 구성되는 것도 있고, 몇 줄에 걸쳐 복잡하고 길게 이어지는 것도 있다. 문의 중간에는 점(読点(、))을 찍고, 문의 끝에는 마침표(句点(。))를 찍는다.

> **예** 私は今日、図書館で勉強した。
>
> 　(나는 오늘 도서관에서 공부했다.)

2 문절(文節)

　문절이라는 것은 하시모토신키치(橋本進吉：1887～1945)의 문법상의 용어로 문을 의미를 해치지 않고 나눈 최소의 단위이다. 예를 들어,「私は今日、図書館で勉強した」라는 문을 의미를 해치지 않고 나누어보면「私は」,「今日」「図書館で」「勉強した」가 된다. 여기에서「私は」「今日」「図書館で」「勉強した」는 각각 하나의 문절이 된다.

> **예** 私は/今日/図書館で/勉強した。
>
> 　(나는 오늘 도서관에서 공부했다.)

● 문절을 나누는 법

일본어는 띄어쓰기를 하지 않으므로, 문을 읽을 때에는 문절 단위로 끊어 읽는 경우가 많다. 하지만, 띄어쓰기에 익숙한 한국인들은 일본어를 끊어 읽는 것이 여간 어려운 일이 아니다. 이런 경우, 조사 「ね」를 붙여 본다. 「ね」를 붙여 끊어 읽어봐서 부자연스럽지 않으면 그 부분이 문절이라고 보면 대부분 맞는 경우가 많다.

　　■예■　私^{わたし}はね / 今日^{きょう}ね / 図書館^{としょかん}でね / 勉強^{べんきょう}した(の)ね。

　　　　　(나는, 오늘, 도서관에서, 공부했는데.)

3 단어(単語^{たんご})

단어라는 것은 언어 단위의 하나로, 형태적으로는 하나 또는 둘 이상의 음절이 결합한 일정한 형태를 가지고 있으며, 의미적으로는 일정한 의미를 나타내 그 이상 분해하면 의미를 해치게 된다. 기능적으로는 하나 또는 둘 이상이 연결되어 문절을 구성하는 요소가 된다. 「私^{わたし}は今日^{きょう}、図書館^{としょかん}で勉強^{べんきょう}した」라는 문을 단어로 나누어 보면, 「私^{わたし}」「は」「今日^{きょう}」「図書館^{としょかん}」「で」「勉強^{べんきょう}し」「た」가 된다. 이러한 단어가 모여 문절을 이루고, 다시 문절이 모여 문을 이루게 된다.

　　■예■　私^{わたし}/は/今日^{きょう}/図書館^{としょかん}/で/勉強^{べんきょう}し/た。　　　<단어>

　　　　　(나는 오늘 도서관에서 공부했다.)

　　　　　　　　　　　　　↓

　　■예■　私^{わたし}は/今日^{きょう}/図書館^{としょかん}で/勉強^{べんきょう}した。　　　<문절>

　　　　　(나는 오늘 도서관에서 공부했다.)

　　　　　　　　　　　　　↓

　　■예■　私^{わたし}は今日^{きょう}、図書館^{としょかん}で勉強^{べんきょう}した。　　　<문>

　　　　　(나는 오늘 도서관에서 공부했다.)

형식동사(보조동사)의 문절

　학교문법에서의 「-ている」를 보면, 「て」는 접속조사, 「いる」는 형식동사로 두 개의 문절로 취급한다. 이런 경우, 문제가 되는 것은 「-てしまう」가 축약된 형태인 「-ちゃう」와 같은 형태를 어떻게 취급할 것인가이다. 즉, 학교문법에서는 「-てしまう」의 「て」는 접속조사, 「しまう」는 형식동사로 두개의 문절로 취급하고 있으나, 「-ちゃう」는 그 이상 나누게 되면 의미가 달라지므로 하나의 문절로밖에 취급할 수가 없다. 이는 학교문법의 문제점으로 지적되고 있다.

1. 다음의 문은 몇 개의 단어, 문절로 이루어졌는지 분석하시오.

① これは私の本です。

(이것은 나의 책입니다.)

문절 :

단어 :

② 私は山田です。

(저는 야마다입니다.)

문절 :

단어 :

③ 母の作るケーキはいつもおいしい。

(엄마가 만드는 케이크는 언제나 맛있다.)

문절 :

단어 :

④ 彼はとても親切な人だ。

(그는 정말 친절한 사람이다.)

문절 :

단어 :

⑤ 図書館の前に立っている人が私の兄です。

(도서관 앞에 서 있는 사람이 저의 형입니다.)

문절 :

단어 :

현대일본어문법 **제2부**

제1장 품사분류

품사분류란 단어를 문법적 기능의 차이에 따라 체계적으로 분류한 것으로, 현재 일본의 학교문법에서는 동사, 형용사, 형용동사, 명사, 부사, 연체사, 접속사, 감동사, 조동사, 조사의 10품사로 분류하고 있다.

그 밖에 일본어 문법에서는 명사, 수사, イ형용사, ナ형용사, 동사, 부사, 지시사, 접속사, 간투사, 조사, 조동사, 코퓨라(단정의 조동사「だ」로 명사에 접속하여 술어를 만드는 것)의 12품사로 나누는 경우, 명사, 수사, イ형용사, ナ형용사, 동사, 부사, 지시사, 접속사, 간투사, 접두사, 접미사, 조사, 조동사, 형식명사, 조수사의 15품사로 나누는 경우도 있다.

본 교재에서는 학교문법의 분류에 따라 일본어의 품사를 동사, 형용사, 형용동사, 명사, 부사, 연체사, 접속사, 감동사, 조동사, 조사의 10품사로 나누어 설명하기로 한다.

그렇다면, 일본어의 품사는 어떠한 기준에 따라 어떻게 분류되는가? 우선 일본어의 단어는 다음과 같이 자립어인지, 부속어인지, 활용을 하는지, 활용을 하지 않는지, 또한, 활용을 한다면 어떠한 형태로 활용하는지, 문에서 어떠한 기능을 하는지에 따라 10가지의 품사로 분류된다. 이하, 이에 대해 자세히 살펴보기로 한다.

1. 자립어인가, 부속어인가
2. 활용의 유무
3. 활용의 형태, 문에서의 기능

1 자립어인가, 부속어인가

일본어에서 자립어인가 부속어인가를 나누는 기준은 단어가 단독으로 문절을 만들 수 있는지 없는지에 따라 구별된다. 문절이란, 문을 의미를 해치지 않고 나눈 최소의 단위로, 단독으로 문절을 만들 수 있는 단어는 자립어이고, 단독으로 문절을 만들 수 없는 단어는 부속어이다.

일본어의 자립어에는 동사, 형용사, 형용동사, 명사, 부사, 연체사, 접속사, 감동사가 있으며, 부속어에는 조동사와 조사가 있다. 다음 문에서 「私」「今日」「図書館」「勉強し」라는 단어는 단독으로 문절을 만들 수 있는데 반해, 「は」「で」「た」는 단독으로 문절을 만들 수 없다. 따라서 다음 문을 자립어, 부속어로 분류하면 다음과 같이 된다.

■예■ 私は今日図書館で勉強した。

(나는 오늘 도서관에서 공부했다)

・자립어 : 「私」「今日」「図書館」「勉強し」

・부속어 : 「は」「で」「た」

> ◉ 자립어, 부속어의 특징
> ○ 자립어
> ・그 자체만으로 문절이 될 수 있다.
> ・문절의 처음에 온다.
> ・그 자체로 완성된 의미를 가지고 있다.
> ○ 부속어
> ・그 자체만으로는 문절이 될 수 없다.
> ・문절의 처음에 올 수가 없고, 반드시 자립어 뒤에 온다.
> ・자립어에 붙어 비로소 완성된 의미를 가진다.

2 활용의 유무

활용이라는 것은 단어의 어미 부분이 뒤에 여러 가지 의미를 나타내는 단어가 접속됨에 따라 그 형태가 변하는 것을 말한다. 일본어에서 활용이 있는 품사는 10품사 중 4종류로, 자립어 중에는 동사, 형용사, 형용동사가 활용을 하며 명사, 부사, 연체사, 접속사, 감동사는 활용을 하지 않는다. 또한, 부속어 중에는 조동사가 활용을 하며, 조사는 활용을 하지 않는다. 이와 같이 활용을 하는 단어를 활용어, 활용을 하지 않는 단어를 무활용어라고 한다.

◉ 활용어, 무활용어

○ 활용어 : 동사, 형용사, 형용동사, 조동사

○ 무활용어 : 명사, 부사, 연체사, 접속사, 감동사, 조사

---

3 활용의 형태, 문에서의 기능

활용을 하는 자립어는 다시 활용의 형태에 따라 세 가지로 분류되는데, 어미가 「う」단으로 끝나는 것은 동사, 어미가 「い」로 끝나는 것은 형용사, 어미가 「だ」로 끝나는 것은 형용동사이다.

또한, 문에서의 기능도 품사분류의 기준이 되는데, 문에서의 기능에 따라 술어가 되는 동사·형용사·형용동사(용언), 주어가 되는 명사(체언), 수식어가 되어 용언을 수식하는 부사, 체언을 수식하는 연체사, 접속어가 되는 접속사, 독립어가 되는 감동사로 나뉜다.

앞의 세 가지 분류기준에 따른 품사분류를 표로 정리하면 다음과 같다.

[단어]

▪ 자립어

┌ 활용어 …… 술어가 되는 것(용언)

        ┌「う」단으로 끝나는 것 ……………………………………… 동사

          (예) 読む(읽다), 見る(보다), 食べる(먹다), 来る(오다) 등

        ├「い」로 끝나는 것 ……………………………………… 형용사

          (예) おいしい(맛있다), 嬉しい(기쁘다), 寒い(춥다) 등

        └「だ」로 끝나는 것 ……………………………………… 형용동사

          (예) 便利だ(편리하다), 静かだ(조용하다),

             きれいだ(깨끗하다) 등

└ 무활용어 … ┬ 주어가 되는 것(체언) ……………………………………… 명사

           (예) 木(나무), 川(하천), 田中(다나카), 鉛筆(연필) 등

        ├ 수식어가 되는 것

          ┌ 용언을 수식 ……………………………………… 부사

           (예) ゆっくり(천천히), いつも(언제나),

              決して(결코) 등

          └ 체언을 수식 ……………………………………… 연체사

           (예) いわゆる(모든), きたる(오는), わが(우리) 등

        ├ 접속어가 되는 것 ……………………………………… 접속사

          (예) しかし(그러나), だから(그래서), でも(하지만) 등

        └ 독립어가 되는 것 ……………………………………… 감동사

          (예) はい(예), いいえ(아니오), あら(어머) 등

- 부속어

┌ 활용어 ··· 조동사
│   (예) れる・られる(수동의 조동사), せる・させる(사역의 조동사) 등
└ 무활용어 ·· 조사
     (예) が(-이), を(-을), に(-에), から(-부터), まで(-까지) 등

품사분류는 왜 필요할까?

　한국어든 영어든 일본어든 각 나라의 언어는 어떠한 기준에 의해 단어를 품사라는 용어로 분류하고 있다. 그렇다면, 이러한 품사분류는 왜 필요할까? 만약 한국어에 품사분류가 되어 있지 않다고 가정해 보자. 우리는 한국어 모어화자이기 때문에 품사분류를 모르더라도 별 지장이 없을 거라고 생각할지 모르지만, 외국인이 한국어를 배울 경우, 단어가 어떠한 기준에 의해 체계적으로 분류되어 있지 않다면 그 언어에 접근하는 것이 그리 쉽진 않을 것이다. 반대로 우리가 외국어인 영어나 일본어를 배울 경우, 품사분류가 되어 있지 않다면, 그 언어의 구조를 이해하는 것이 어려울 것이다. 이렇게 품사를 분류하는 목적은 한국어, 영어, 일본어라는 한 언어가 어떠한 구조를 가지고 있는지 쉽게 알기 위함이다. 또한, 언어가 어떠한 기준에 의해 체계적으로 분류되어 있다면, 문법 현상을 설명하는 것도 쉬울 것이다. 즉, 품사 분류의 목적은 우선 한 언어의 구조를 쉽게 이해하기 위해서이고, 그렇게 함으로써 문법 현상을 쉽게 설명하기 위해서이다.

1. 다음 문을 자립어와 부속어로 구분하시오.

① ある日、私たちは公園に遊びに行きました。

　(어느 날 우리들은 공원에 놀러 갔습니다.)

　자립어 :

　부속어 :

② 祖父は今、ソウルに住んでいます。

　(할아버지는 지금 서울에 살고 있습니다.)

　자립어 :

　부속어 :

③ 「お金は要らない」と彼は言いました。

　(「돈은 필요없어」라고 그는 말했습니다.)

　자립어 :

　부속어 :

④ 彼は山田さんの義理のお父さんです。

　(그는 야마다씨의 장인어른입니다.)

　자립어 :

　부속어 :

⑤ 田中さんは毎日、運動をしています。

（다나카씨는 매일 운동을 하고 있습니다.）

자립어 :

부속어 :

2 다음 문을 품사별로 구분하시오.

① 日本は島国だ。

（일본은 섬나라이다.）

② 彼はまじめな学生だ。

（그는 성실한 학생이다.）

③ ああ、とても青い海だな。

（아아, 정말 푸른 바다구나!）

④ 寒いので、窓を閉めた。

（추워서 창문을 닫았다.）

⑤ 本当にきれいな人ですね。

（정말 예쁜 사람이군요.）

제2장 명사

1 명사의 특성

명사는 활용이 없는 자립어로, 그 자체만으로 주어가 되며, 조사 등을 동반하여 문절을 만들 수 있는 단어이다.

2 명사의 종류

명사의 종류에는 보통명사, 고유명사, 대명사, 수사가 있으며, 특수명사로서 형식명사, 복합명사, 전성명사와 같은 종류가 있다.

2.1 보통명사

일반적인 사물의 이름을 나타내며 구체명사와 추상명사로 나뉜다.

① 구체명사

사람, 동물, 식물, 자연, 물건 등 구체적인 개념을 나타내는 명사이다.

> ■예■ 先生(선생님), 猫(고양이), 木(나무), 川(강), 山(산), 顔(얼굴), 家(집) 등

② 추상명사

동작, 작용, 성질, 상태, 방향, 위치, 시간 등의 추상적인 개념을 나타내는 명사이다.

■예■ 勉強(공부), 徒歩(도보), 病気(병), 東(동쪽), 西(서쪽), 上(위),

下(아래), 今朝(오늘 아침), 知識(지식), 美(미), 責任(책임) 등

2.2 고유명사

인명, 지명, 국명 등의 고유의 이름을 나타내는 명사로 나라이름, 도시이름, 회사
이름, 상품이름 등이 여기에 해당된다.

■예■ 東京(도쿄), 韓国(한국), アメリカ(미국), ニューヨーク(뉴욕),

トヨタ(도요타), エジソン(에디슨), ポッキー(포키, 과자 이름) 등

2.3 대명사

사물의 이름을 대신하여 쓰는 말로 인칭대명사와 지시대명사로 나뉜다.

① 인칭대명사 - 사람의 이름을 대신해서 쓰는 명사

■예■ 私(나/저), あなた(너/당신), 彼(그), 彼女(그녀) 등

■ 인칭대명사의 예

1인칭 (自称)	2인칭 (対称)	3인칭(他称)			부정칭 (不定称)
		근칭	중칭	원칭	
わたし (나/저) ぼく (나) おれ (나)	あなた (너/당신) きみ (너) おまえ (너)	この人 (이 사람) こいつ (이 녀석)	その人 (그 사람) そいつ (그 녀석)	あの人 (저 사람) あいつ (저 녀석) かれ (그)	どなた (어느 분) だれ (누구)

② 지시대명사 - 사물, 장소, 방향을 대신해서 쓰는 명사

　　▊예▊　これ(이것), そこ(거기), あちら(저쪽), どれ(어느 것) 등

■ 지시대명사의 예

	지시어	사물	장소	방향	방법
근칭 こ	この 이	これ 이것	ここ 여기	こっち/こちら 이쪽	こう 이렇게
중칭 そ	その 그	それ 그것	そこ 거기	そっち/そちら 그쪽	そう 그렇게
원칭 あ	あの 저	あれ 저것	あそこ 저기	あっち/あちら 저쪽	ああ 저렇게
부정칭 ど	どの 어느	どれ 어느 것	どこ 어디	どっち/どちら 어느 쪽	どう 어떻게

2.4 수사

　사물의 수를 나타내거나 수에 의한 순서 등을 나타내는 말로 본수사와 조수사로 나뉜다. 이 본수사와 조수사를 합해서 수사라고 한다.

① 본수사 - 다음 밑줄 친 부분과 같이 수만을 나타내는 말

　　▊예▊　5軒(5채), 3冊(3권), 3人(3명), 4本(4자루, 4병...) 등

② 조수사 - 軒, 冊, 人, 本과 같은 부분

　　▊예▊　5軒(5채), 3冊(3권), 3人(3명), 4本(4자루, 4병...) 등

3 특수명사

3.1 형식명사

  본래의 실질적인 의미가 희박해진 명사로 단독으로 쓰이지 못하고, 항상 실질적인 의미를 가진 수식어와 함께 사용되며, 주어가 될 수 없는 말이다. 형식명사는 보통 한자로 표기하지 않고 히라가나로 표기한다.

    ▊예▊ こと, もの, わけ, ところ, とおり 등

● 형식명사와 보통명사의 구별

  ① こと

  · 형식명사

    ▊예▊ 東京へ行った<u>こと</u>がありますか。

      (도쿄에 간 적이 있습니까?)

  · 보통명사

    ▊예▊ 最近、私にいろんな<u>こと</u>が起きた。

      (최근 나에게 여러 가지 일이 일어났다.)

  ② もの

  · 형식명사

    ▊예▊ 子供は親の言うことを聞く<u>もの</u>だ。

      (아이는 부모님이 말하는 것을 들어야 하는 법이다.)

  · 보통명사

    ▊예▊ <u>もの</u>は投げないでくれ。

      (물건은 던지지 말아 줘.)

③ わけ

・형식명사

   〖예〗 行きたくない<u>わけ</u>ではないが、本当に行けないんだ。

   (가고 싶지 않은 것은 아니지만, 정말 갈 수 없다.)

・보통명사

   〖예〗 何か<u>わけ</u>があるに違いない。

   (무엇인가 이유가 있음에 틀림없다.)

④ ところ

・형식명사

   〖예〗 今、掃除をしている<u>ところ</u>です。

   (지금 청소를 하고 있는 참입니다.)

・보통명사

   〖예〗 特に行きたい<u>ところ</u>がありましたら、言ってくださいね。

   (특별히 가고 싶은 곳이 있으면 말해 주세요)

⑤ とおり

・형식명사

   〖예〗 まったくその<u>とおり</u>です。

   (바로 그렇습니다.)

・보통명사

   〖예〗 その<u>とおり</u>は人の出入りがはげしい。

   (그 통로는 사람의 출입이 잦다.)

⑥ とき

・형식명사

■예■ ちょうどいい**とき**、来てくれましたね。

(때마침 잘 와 주셨네요.)

・보통명사

■예■ **とき**が経つのが速いです。

(시간이 빨리 지나가네요.)

⑦ ため

・형식명사

■예■ あなたに会う**ため**にここまで来ました。

(당신을 만나기 위해 여기까지 왔습니다.)

・보통명사

■예■ 彼女は**ため**になる話をよくしてくれます。

(그녀는 도움이 되는 이야기를 자주 해 줍니다.)

3.2 복합명사

복합명사는 명사, 형용사, 동사 등 복수의 단어가 결합하여 하나의 명사를 구성하고 있는 것으로 다음과 같은 종류가 있다.

① 명사＋명사

■예■ 山道(산길), 本箱(책장) 등

② 동사＋명사

■예■ 鳴き声(울음 소리), 忘れ物(잊은 물건) 등

③ 명사＋동사

　■예■　身動き(몸의 움직임), 卵焼き(계란 후라이) 등

④ 동사＋동사

　■예■　組み立て(조립), 立ち話(서서 하는 이야기) 등

⑤ 형용사의 어간＋명사

　■예■　遠山(먼 산), 近道(지름길) 등

⑥ 형용사의 어간＋동사

　■예■　厚着(옷을 두껍게 입음), 苦笑い(쓴 웃음) 등

⑦ 명사＋형용사의 어간

　■예■　足早(발이 빠름), 夜長(긴 밤) 등

⑧ 형용사의 어간＋형용사의 어간

　■예■　遠浅(물가에서 먼 바다까지 물이 얕음), 細長(가늘고 김) 등

⑨ 접두어＋명사

　■예■　お菓子(과자), ご飯(밥) 등

⑩ 명사＋접미어

　■예■　親たち(부모들), 私ら(우리들) 등

⑪ 첩어(명사+명사)

■예■ 人々(사람들), 山々(산들) 등

⑫ 명사+の+명사

■예■ 茶の間(다실), 竹の子(죽순) 등

⑨, ⑩과 같이 접두어, 접미어가 붙은 명사는 복합명사로 취급하기도 하지만, 파생명사로 취급하기도 한다.

3.3 전성명사

동사나 형용사의 어미가 변화하여, 원래의 품사로서의 성질을 잃고, 명사의 성질을 갖게 된 말을 가리킨다.

① 동사가 명사화한 것

■예■ 考え(생각), 助け(도움) 등

② 형용사가 명사화한 것

■예■ うれしさ(기쁨), 甘み(달콤함) 등

②의 형용사가 명사화한「うれしさ」「甘み」등은 형용사어간에 접미어「さ」「み」가 붙은 복합명사로 취급하기도 한다.

명사의 부사적 용법

「今日、映画を見に行った。」의 「今日」의 품사는 명사일까?

위의 문장에서 「今日」의 품사는 무엇일까 생각해 보자. 여기에서 「今日」는 명사로 분류된다. 이러한 명사는 활용하지 않는 자립어로, 문에서 주어가 되는 성질을 가지고 있다. 하지만, 위의 문장에서 「今日」는 주어가 아니라, 「行った」라는 술어를 수식하는 부사적 용법으로 사용되었다. 이런 경우, 「今日」의 품사를 명사로 봐야 할까? 아니면, 부사로 봐야 할까? 품사는 여러 가지 분류 기준에서 어느 것을 우선하는가에 따라 결정된다. 「今日」는 때를 나타내는 명사로 주어가 된다는 점이 우선되어 명사로 분류된다. 단, 이 경우는 명사의 부사적 용법으로 보는 것이 타당할 것이다.

1. 다음 중에서 명사를 골라 그 종류를 쓰시오.
　(보통명사, 고유명사, 수사, 대명사 등)

① それは一冊いくらですか。

　(그것은 한권에 얼마입니까?)

② 私は山田と申します。

　(저는 야마다라고 합니다.)

③ ここは身動きがとれないほど狭い。

　(여기는 몸을 움직일수 없을 정도로 좁다.)

④ 彼女は英語の先生です。

　(그녀는 영어 선생님입니다.)

⑤ 家では犬を一匹飼っています。

　(우리 집에서는 개를 한 마리 키우고 있습니다.)

2. 다음 중 복합명사를 찾아 그 구성을 분석하시오.

① 子供はとてもお中がすいたので、食べ物がほしかった。

　(아이는 매우 배가 고팠으므로, 먹을 것을 원했다.)

　　　　복합명사 :

　　　　구성 :

② 買い物のことなら、私にまかせてください。

　　　(쇼핑이라면, 저에게 맡겨 주세요)

　　　복합명사 :

　　　구성 :

③ 私たちは夫婦でお店をやっています。

　　　(저희들은 부부가 가게를 경영하고 있습니다.)

　　　복합명사 :

　　　구성 :

④ 時間がないので、近道で行きましょう。

　　　(시간이 없으니까, 지름길로 갑시다.)

　　　복합명사 :

　　　구성 :

⑤ 母は隣の人と外で立ち話をしていた。

　　　(엄마는 옆 집 사람과 밖에서 서서 이야기를 하고 있었다.)

　　　복합명사 :

　　　구성 :

3. 다음 중 전성명사를 찾으시오.

① 駅の近くにコンビニができて、とても便利になった。

(역 근처에 편의점이 생겨서, 정말 편리해졌다.)

② 彼女は悲しみのあまり、泣いてしまった。

(그녀는 너무 슬픈 나머지 울어 버렸다.)

③ もうそんなごまかしは通用しません。

(더 이상 그런 속임수는 통하지 않습니다.)

④ あなたの助けなんか要りません。

(당신 도움 따윈 필요 없습니다.)

⑤ 彼への思いはいつまでも消えることはなかった。

(그를 향한 그리움은 언제까지나 사라지지 않았다.)

4. 다음 밑줄 친 명사가 형식명사인지 보통명사인지 구분하시오.

① そんなことを母が知っている*わけ*がない。

(그런 일을 엄마가 알고 있을 리가 없다.)

② アメリカに行けない*わけ*を聞かせてください。

(미국에 갈 수 없는 이유를 들려 주세요.)

③ 暖かいうちに食べてね。

(따뜻할 때 먹어.)

④ そのとおりの名前は何でおか。

(그 거리의 이름은 무엇입니까?)

⑤ 10年前のことです。

(10년 전의 일입니다.)

제3장 연체사

1 연체사의 특성

연체사는 체언(명사)을 수식하는 자립어로 활용을 하지 않는다. 주어, 술어가 될 수 없으며, 그것만으로 연체수식어가 되는 단어이다.

2 연체사의 종류

연체사를 형태에 따라 분류해 보면 다음과 같다.

① 「の」로 끝나는 것

「の」로 끝나는 연체사는 명사에 붙는 「の」와는 달리 「の」의 앞이 자립어로서의 명사가 아니므로 「の」와 분리할 수 없다.

> **예** <u>この学校</u>(이 학교), <u>その人</u>(그 사람), <u>あの時</u>(그 때),
>
>   <u>どの家</u>(어느 집), <u>ほんの少し</u>(아주 조금) 등

② 「が」로 끝나는 것

「わが」의 「が」는 「の」의 의미를 갖는다.

> **예** <u>わが国</u>(우리나라), <u>わが家</u>(우리 집) 등

③ 「な」로 끝나는 것

「な」로 끝나는 연체사는 형용동사의 연체형만이 남은 것이다.

> ▊예▊ 大きなりんご(큰 사과), 小さな家(작은 집),
>
> おかしな話(이상한 이야기) 등

④ 「る」로 끝나는 것

「る」로 끝나는 연체사는 동사의 종지형이 특별한 형태로 남은 것이다.

> ▊예▊ さる一日(지난 1일), きたる十五日(오는 15일), あらゆる学校(모든
>
> 학교), いわゆる自由主義(소위 말하는 자유주의), ある日(어느 날) 등

⑤ 「た」로 끝나는 것

「た」로 끝나는 연체사는 명사를 수식하는 존속을 나타내는 「た」에서 유래한 것이다.

> ▊예▊ たいした評判(대단한 평판), とんだ話(말도 안 되는 이야기),
>
> たった一人(오직 한명) 등

3 연체수식어

연체사는 체언을 수식하는 품사이지만, 연체사만이 체언을 수식할 수 있는 것은 아니다. 예를 들어, 동사나 형용사, 형용동사의 연체형과 다른 품사들도 명사를 수식할 수 있으므로, 이들과 연체사를 구별하는 것이 중요하다.

① 동사＋명사

　　▓예▓　今日いらっしゃる方は田中さんです。

　　　　（오늘 오시는 분은 다나카씨 입니다.)

② 형용사＋명사

　　▓예▓　とても暖かい日ですね。

　　　　（정말 따뜻한 날이군요.)

③ 형용동사＋명사

　　▓예▓　きれいな花が咲いている。

　　　　（예쁜 꽃이 피어 있다.)

④ 명사＋명사

　　▓예▓　僕の姉は先生です。

　　　　（나의 누나는 선생님입니다.)

⑤ 부사＋の＋명사

　　▓예▓　父はせっかくの日曜日なのに、寝てばかりいる。

　　　　（아버지는 모처럼의 일요일인데, 잠만 자고 있다.)

1. 다음 중 연체사인 것을 모두 고르시오. (   )

① 机の上にあるのは鉛筆です。

（책상 위에 있는 것은 연필입니다.）

② ある日のことである。

（어느 날의 일이다.）

③ いつか時間のある日、連絡します。

（언젠가 시간 있는 날 연락하겠습니다.）

④ たいしたもんですね。

（대단하네요.）

2. 다음 ( )안에 들어갈 적당한 연체사를 고르시오.

① (   )国のスポーツは世界一である。

（우리나라의 스포츠는 세계 제일이다.）

② 入学式は(   )3月1日行われる予定である。

（입학식은 오는 3월 1일에 열릴 예정이다.）

③ (　　　　　)手を打ってみたが、手術^{しゅじゅつ}はだめだった。

(모든 방법을 써 봤지만, 수술은 성공하지 못했다.)

④ 金^{きん}メダルを取^とるなんて、(　　　　　)もんですね。

(금메달을 따다니, 대단하군요.)

⑤ (　　　　　)3月^{がつ}15日^{にち}のことであった。

(지난 3월 15일에 일어난 일이었다.)

わが	たいした	あらゆる	きたる	さる

제4장 부사

1 부사의 특성

동사, 형용사, 형용동사 등의 용언을 수식하는 자립어로, 용언을 구체적으로 수식하는 역할을 한다. 문에서 주어가 되지 못하며, 활용이 없다.

2 부사의 종류

부사의 종류에는 상태부사, 정도부사, 진술부사가 있으며, 복합부사와 같은 특수부사도 있다.

2.1 상태부사

상태(状態)부사는 정태(情態)부사, 양태(樣態)부사라고도 하며, 용언과 용언을 포함하는 절을 수식하여, 용언의 동작, 작용의 상태를 자세히 설명하는 말이다. 의성어나 의태어도 여기에 속한다.

> ■예■ ゆっくり歩いてください。
>
> (천천히 걸으세요.)
>
> あの人はぶらぶら歩いている。
>
> (저 사람은 빈둥빈둥 걷고 있다.)
>
> 彼女がにっこり笑っている。
>
> (그녀가 생긋 웃고 있다.)

きっぱり断_{ことわ}る。

(단호히 거절하다.)

春風_{はるかぜ}がそよそよ吹_ふく。

(봄바람이 살랑살랑 분다.)

　이 외에 상태부사에는 「こっそり」(몰래) 「すぐ」(곧) 「すっかり」(완전히) 「かつて」(일찌기) 「のんびり」(한가로운 모양) 「まだ」(아직) 「がらがら」(텅빈 모양) 「しとしと」(촉촉히) 「ひらひら」(팔랑팔랑) 등과 같은 종류가 있다.

2.2 정도부사

　용언과 용언을 포함하는 절을 수식하여, 용언의 동작, 작용의 정도를 자세히 설명하는 말이다. 또한, 부사에도 붙어 그 동작이나 상태의 정도를 나타낸다.

■예■　彼女_{かのじょ}はなかなかかわいい。

(그녀는 꽤 귀엽다.)

食_たべ物_{もの}がほとんど残_{のこ}っていない。

(음식이 거의 남아있지 않다.)

彼_{かれ}の話_{はな}し方_{かた}はかなりゆっくりだ。

(그의 말은 상당히 느리다.)

彼_{かれ}は私_{わたし}よりずっと背_せが高_{たか}い。

(그는 나보다 훨씬 키가 크다.)

男児_{だんじ}が女児_{じょじ}よりすこし多_{おお}い。

(남아가 여아보다 조금 많다.)

이 외에 정도를 나타내는 부사로는 「ちょっと」(좀, 조금) 「いっそう」(한층) 「ご
く」(극히) 「もっと」(더욱) 「わずか」(약간, 조금) 「たいそう」(매우, 몹시) 「だいた
い」(대개) 등과 같은 종류가 있다.

[2.3] 진술부사

서술(叙述)부사라고도 하며, 문말에 부정, 의문, 추량, 가정, 당연 등의 특수한
표현을 요구하는 경우가 많다. 문말 표현과 호응하는 경우가 많으므로 호응의 부사
라고도 한다.

① 비유와 호응
「まるで」(마치) 「あたかも」(마치) 등

예 まるで雪のようだ。

(마치 눈과 같다.)

あたかも天国にいるようだ。

(마치 천국에 있는 것 같다.)

② 추량과 호응
「きっと」(틀림없이) 「たぶん」(아마도) 「おそらく」(마치) 등

예 彼はきっと来るだろう。

(그는 틀림없이 올 것이다.)

おそらく明日は雨だろう。

(아마도 내일은 비가 올 것이다.)

③ 부정추량과 호응

「まさか」(설마) 「よもや」(설마) 등

■예■ <u>まさか</u>そんなことはないだろう。

(설마 그런 일은 없을 것이다.)

<u>よもや</u>知るまいと思ったら、よく知っていた。

(설마 모를 것이라고 생각했는데, 잘 알고 있었다.)

④ 원망(願望)・의뢰와 호응

「どうか」(제발, 아무쪼록) 「ぜひ」(꼭) 「なにとぞ」(아무쪼록) 등

■예■ <u>どうか</u>お許しください。

(제발 용서해 주세요.)

<u>どうぞ</u>よろしくお願いします。

(아무쪼록 잘 부탁드립니다.)

⑤ 의문・반어와 호응

「どうして」(왜, 어째서) 「なぜ」(왜) 등

■예■ <u>どうして</u>来なかったんですか。

(왜 오지 않았습니까?)

<u>なぜ</u>行かないんですか。

(왜 가지 않는 것입니까?)

⑥ 가정조건과 호응

「もし」(만약) 「たとえ」(비록, 설령) 「かりに」(만약, 만일) 등

　▋예▋　もし一億円あったら、何に使いますか。

　　　　　(만약 1억엔 있다면, 어디에 쓰겠습니까?)

　　　　　たとえ行くとしても彼には会えないと思う。

　　　　　(설령 간다고 하더라고 그와는 만날 수 없다고 생각한다.)

⑦ 금지와 호응

「決して」(결코) 「断じて」(결코) 등

　▋예▋　決して負けてはいけない。

　　　　　(결코 져서는 안 된다.)

　　　　　断じて話してはならない。

　　　　　(결코 이야기해서는 안 된다.)

⑧ 부정과 호응

「決して」(결코) 「とうてい」(도저히) 등

　▋예▋　決してそんなことはしない。

　　　　　(결코 그런 일은 하지 않겠다.)

　　　　　とうていそんなことはできない。

　　　　　(도저히 그런 일은 할 수 없다.)

3 복합부사

복합부사는 다음과 같이 구성된다.

① 명사＋조사

　　예 まことに(정말로)

　　　　ときに(때때로, 가끔)

② 명사＋명사

　　예 ときおり(때때로)

　　　　おりおり(때때로)

③ 동사의 연용형＋동사의 연용형

　　예 かさねがさね(자주, 잇따라, 거듭거듭)

　　　　とりわけ(특히, 유난히, 그중에서도)

④ 동사의 연용형＋조사

　　예 いたって(극히, 매우, 대단히)

　　　　極めて(극히, 매우)

⑤ 동사의 미연형＋조동사

　　예 たえず(끊임없이)

　　　　おもわず(뜻밖에, 나도 모르게)

⑥ 형용사의 어간＋형용사의 어간＋조사

　　예 ながながと(길게, 장황하게)

　　　　かるがると(가볍게)

⑦ 동사의 종지형＋동사의 종지형

　　█예█　ますます(점점)

　　　　　かわるがわる(번갈아, 교대로)

⑧ 부사＋조사

　　█예█　どうぞ(부디, 아무쪼록)

　　　　　どうか(부디, 아무쪼록)

4 부사의 형태

부사의 형태에는 여러 가지가 있지만, 일반적으로 「-と」「-に」의 형태가 많다.

① 「と」의 형태

의성어, 의태어, 한자어를 부사로 사용한 것에 사용된다.

・의성어

　　█예█　ぽんと投げ出す。

　　　　　(톡 던진다.)

　　　　　どんとぶつかる。

　　　　　(딱 부딪치다.)

・의태어

　　　　　ゆらゆらとそよぐ。

　　　　　(한들한들 흔들리다.)

　　　　　にっこりと笑う。

　　　　　(방긋 웃는다.)

・한자어

　　　　堂々と進行する。

　　　　(당당하게 진행한다.)

　　　　整然と並ぶ。

　　　　(정연하게 늘어서다.)

② 「に」의 형태로 쓰이는 경우

　▌예▌　ついでに友だちの家に寄ってくる。

　　　　(가는 김에 친구 집에 들려 온다.)

　　　　たまに遊びにくる。

　　　　(가끔 놀러온다.)

　　　　すぐに戻ってきなさい。

　　　　(바로 돌아 오세요)

5 부사의 명사적 용법

① 명사와 같이 「-だ」「-です」의 형태로 술어가 되는 경우가 있다.

　▌예▌　結婚式はもうすぐです。

　　　　(결혼식은 곧 거행될 것입니다.)

　　　　やあ、しばらくだね。

　　　　(야, 오랜만이네.)

　　　　かなりゆっくりだな。

　　　　(꽤 느리네.)

② 명사와 같이 「-の」의 형태로 명사를 수식하는 경우가 있다.

▋예▋ せっかくの日曜日

(모처럼의 일요일)

かなりの長時間

(상당한 긴 시간)

もしもの話

(만일의 이야기)

의성어, 의태어의 어형

　의성어, 의태어는 주로 다음 예문과 같은 형태로 사용되는 경우가 많다. 그럼, 「きらきら」의 형태로 쓰인 경우와, 「きらっと」의 형태로 쓰인 경우의 차이점은 무엇일까? 일반적으로 「きらきら」의 형태로 사용되었을 경우 다회성, 즉, 다음 예문에서는 별이 여러 번 반짝반짝거린다는 의미이고, 「きらっと」의 형태로 사용되었을 경우는 일회성, 즉, 별이 한번 반짝거린다는 의미이다.

▋예▋ 星がきらきら光っている。(다회성) (별이 반짝반짝 빛나고 있다.)
星がきらっと光っている。(일회성) (별이 반짝 빛나고 있다.)

1. 다음 밑줄 친 부사의 종류를 쓰시오.

① <u>ゆっくり</u>歩きましょう。

(천천히 걸읍시다.)

② 彼女は私に<u>まるで</u>母親のような存在である。

(그녀는 나에게 마치 어머니와 같은 존재이다.)

③ このお菓子は<u>とても</u>おいしい。

(이 과자는 정말 맛있다.)

④ 日本語は<u>あまり</u>上手ではない。

(일본어는 그다지 잘하지 못한다.)

⑤ <u>どうぞ</u>お入りください。

(어서 들어오세요.)

2. 다음 괄호 안에 알맞은 부사를 보기에서 고르시오.

① (   )つらくても、最後までこの仕事をやりぬきたい。

(설령 괴롭다고 하더라도 마지막까지 이 일을 끝내고 싶다.)

② 今度、(　　　)家に遊びにきてください。

(다음에 꼭 집에 놀러 오세요)

③ そんなことは(　　　)起らないでしょう。

(그런 일은 결코 일어나지 않을 것이다.)

たぶん　　　ぜひ　　　たとえ　　　けっして　　　もし

3. 다음 밑줄 친 복합부사의 구성을 분석하시오.

① 時々、彼に会っています。

(때때로 그를 만납니다.)

구성:

② 決して、行きません。

(결코 가지 않겠습니다.)

구성:

③ すぐに行きます。

(곧 가겠습니다.)

구성:

제5장 접속사

1 접속사의 특성

접속사는 자립어로, 활용이 없다. 단독으로 주어, 술어, 수식어로 사용될 수 없으며, 그것만으로 접속어가 되는 것이다.

2 접속사의 용법

문과 문, 문절과 문절, 단어와 단어를 접속하는 역할을 한다.

① 단어와 단어를 접속하는 경우

■예■ 奈良および京都は、二大旧都である。

(나라 및 교토는 2대 옛 수도이다.)

② 문절과 문절을 접속하는 경우

■예■ 彼女は絵もうまいし、また、字もうまい。

(그녀는 그림도 잘 그리고, 또, 글씨도 잘 쓴다.)

③ 문과 문을 접속하는 경우

■예■ 明日テストがある。だから、今日は一生懸命勉強するつもりだ。

(내일 테스트가 있다. 그래서, 오늘은 열심히 공부할 생각이다.)

3 접속사의 종류

3.1 순접

접속사 앞의 내용과 뒤의 내용이 순접으로 연결된 경우이다. 즉, 앞 사항과 뒤 사항이 원인과 당연한 결과인 것을 나타낸다. 「だから」(그러니까, 그래서) 「それで」(그래서) 「したがって」(따라서) 「すると」(그러자) 「ゆえに」(때문에) 「そこで」(그래서) 등이 있다.

> **■예■** 昨日、雨が降った。それで、今日は道が悪い。
>
> (어제, 비가 내렸다. 그래서, 오늘은 길이 안 좋다.)
>
> 彼はいつも約束の時間に遅れる。だから、彼にはもう会いたくないのだ。
>
> (그는 언제나 약속 시간에 늦는다. 그래서, 그와는 더 이상 만나고 싶지 않다.)
>
> ドアを叩いた。すると、おばあさんが出てきた。
>
> (문을 두드렸다. 그러자, 할머니가 나왔다.)

3.2 역접

접속사 앞의 내용과 뒤의 내용이 역접으로 연결된 경우이다. 즉, 앞 사항과 뒤 사항이 원인에 대한 당연한 결과가 아닌 경우이다. 「しかし」(그러나) 「けれども」(그렇지만) 「ところが」(그런데) 「だが」(하지만) 「だけど」(그렇지만, 그러나) 「が」(그렇지만, 그러나) 「しかしながら」(그렇긴 하지만) 「でも」(그렇지만) 등이 있다.

> **■예■** 昨日、雨が降った。しかし、道はすっかり乾いていた。
>
> (어제 비가 내렸다. 그러나, 길은 완전히 말라 있었다.)

彼は一生懸命運動している。<u>ところが</u>、ちっともやせない。

(그는 열심히 운동하고 있다. 그러나, 조금도 마르지 않는다.)

日本語はおもしろいです。<u>が</u>、漢字が難しいです。

(일본어는 재미있습니다. 그렇지만, 한자가 어렵습니다.)

[3.3] 병립, 첨가

　문과 문, 문절과 문절, 단어와 단어를 동등하게 나타내는 접속사이다. 「そして」
(그리고) 「それに」(게다가) 「また」(또) 「それから」(그리고나서) 「ならびに」(및,
또) 「しかも」(게다가) 「そのうえに」(게다가, 또한) 「なお」(또한, 덧붙여) 「おまけ
に」(또한, 뿐만아니라) 등이 있다.

■예■　山<u>また</u>山を越えていく。　　　　　　　　　　　　　　　<병립>

　　　(산, 또 산을 넘어간다.)

　　　最近の中高生は日本語<u>ならびに</u>中国語を勉強している。　<병립>

　　　(요즘 중고등학생은 일본어 및 중국어를 공부하고 있다.)

　　　お金もないし、<u>それに</u>、住む家もない。　　　　　　　　<첨가>

　　　(돈도 없고, 게다가, 살 집도 없다.)

　　　遠足にお菓子を持っていこう。<u>それから</u>、飲み物も持っていこう。

　　　　　　　　　　　　　　　　　　　　　　　　　　　　　　　<첨가>

　　　(소풍에 과자를 가져 가야지. 그리고, 음료수도 가지고 가야겠다.)

[3.4] 선택

　선택은 둘 중에 어느 한 쪽만 해당되는 것을 나타낼 때 쓰는 접속사이다. 앞 사
항과 뒷 사항이 선택의 대상임을 나타낸다. 「あるいは」(혹은) 「もしくは」(혹은,
또는) 「それとも」(그렇지 않으면) 「または」(또는, 혹은) 「ないし」(혹은, 또는) 등

이 있다.

〚예〛 映画が好きですか、それとも、ドラマが好きですか。

(영화를 좋아합니까, 그렇지 않으면, 드라마를 좋아합니까?)

電話またはファックスでお知らせします。

(전화 또는 팩스로 알려 드리겠습니다.)

妹、もしくは私がまいります。

(여동생, 혹은 제가 가겠습니다.)

3.5 보충

접속사 앞의 사항에 대해 보충 설명하는 접속사이다. 「つまり」(즉, 요컨대) 「すなわち」(즉, 이를테면) 「たとえば」(예를 들면) 「ただし」(단) 「要するに」(요컨대, 결국) 「なぜなら」(왜냐하면) 등이 있다.

〚예〛 彼はスポーツなら何でもできる。ただし、マラソンはだめだ。

(그는 스포츠라면 뭐든지 할 수 있다. 단, 마라톤은 못한다.)

彼は私の兄の息子だ。すなわち、私のおいなわけだ。

(그는 나의 형의 아들이다. 즉, 조카인 셈이다.)

雨でずぶ濡れになってしまいました。なぜなら、傘を持って来な
かったからです。

(비로 흠뻑 젖어버렸습니다. 왜냐하면, 우산을 안 가지고 왔기 때문
입니다.)

3.6 전환

이제까지의 화제와 다른 화제로 이야기를 전개할 때 쓰는 접속사이다. 「さて」
(그런데, 그건 그렇고) 「それでは」(그러면, 그럼) 「ところで」(그런데) 등이 있다.

예 さて、今日の本題ですが。

(그건 그렇고, 오늘의 주제입니다만.)

ところで、田中さんはどこのご出身ですか。

(그런데, 다나카씨는 어디 출신이십니까?)

やあ、久しぶりだな。ところで、このごろはどうだ？

(야, 오랜만이야. 그런데, 요즘 어떻게 지내나?)

접속사와 다른 품사와의 구별

① 접속사와 부사

· 접속사

　예 彼はおお金持ちだ。また、頭もいい。

　　(그는 상당한 부자다. 또한, 머리도 좋다.)

· 부사

　예 また来てくださいね。

　　(또 오세요.)

② 접속사와 조사

· 접속사

　예 彼は彼女をさがした。が、彼女の姿はどこへもなかった。

　　(그는 그녀를 찾았다. 그렇지만, 그녀의 모습은 어디에도 없었다.)

· 조사(접속조사)

　예 彼は彼女をさがしたが、彼女の姿はどこへもなかった。

　　(그는 그녀를 찾았지만, 그녀의 모습은 어디에도 없었다.)

③ 접속사와 명사(대명사)＋조사

· 접속사

　예 彼は日本語が上手だ。それに英語もしゃべることができる。

　　(그는 일본어를 잘한다. 게다가 영어도 말할 수가 있다.)

· 명사(대명사)＋조사

　예 カバンに紙がついてありますので、それに名前を書いてください。

　　(가방에 종이가 붙어 있으므로, 거기에 이름을 써 주세요.)

문제

1. 다음 접속사의 종류를 쓰시오.

① 山田さんは彼女の家に行った。しかし、彼女はいなかった。

(야마다씨는 그녀의 집에 갔다. 그러나, 그녀는 없었다.)

② 飲み物は何にしますか。コーヒーですか。それとも、お茶ですか。

(음료는 무엇으로 하겠습니까? 커피입니까, 그렇지 않으면, 차입니까?)

③ では、これから会議を始めます。

(그럼, 지금부터 회의를 시작하겠습니다.)

2. 다음 밑줄 친 단어의 품사를 쓰시오.

① 今、忙しいですが、後で電話くださいませんか。

(지금 바쁜데, 나중에 전화 주시지 않겠습니까?)

② 彼は今日もまたここへ来た。

(그는 오늘도 또 여기에 왔다.)

③ 窓を開けてください。それから、大きく息を吸ってください。

(창문을 열어 주세요. 그리고나서, 크게 숨을 쉬세요.)

④ 今日友だちの家に行った。そこで、ご飯を食べた。

(오늘 친구 집에 갔다. 거기에서 밥을 먹었다.)

⑤ あそこに紙が置いてあるので、そこにお名前とご住所をお書きく
ださい。

(저기에 종이가 놓여져 있으니, 거기에 성함과 주소를 써 주세요.)

3. 다음 괄호 속에 알맞은 접속사를 넣으시오.

① コーヒーにしますか？（　　　　　　）紅茶にしますか。

(커피로 하겠습니까? 그렇지 않으면, 홍차로 하겠습니까?)

② 東京、（　　　　　）日本の首都。

(도쿄, 즉, 일본의 수도)

③ （　　　　　）、例の件ですが。

(그건 그렇고, 요전의 일에 대해서입니다만.)

④ 韓国の車は安くて、（　　　　　）性能もいいです。

(한국의 차는 싸고, 게다가, 성능도 좋습니다.)

⑤ 昼まではいい天気でした。（　　　　　）急に雪が降ってきました。

(낮까지는 좋은 날씨였습니다. 그런데, 갑자기 눈이 내렸습니다.)

| しかも　　　ところが　　　さて　　　すなわち　　　それとも |

제6장 감동사

1 감동사의 특성

사람의 감정을 나타내는 자립어로 활용이 없다. 주어, 술어, 수식어, 접속어가 되지 않는 독립어이다.

2 감동사의 종류

① 감동을 나타내는 것

「あら」(아아) 「おや」(어) 「ほう」(와) 「やあ」(야아, 와) 「さあ」(자, 그럼) 「おお」(오오) 등이 있다.

> ▋예▋ あら、すてき！
> (아아, 멋있어.)
> ほう、それはよかったね。
> (와, 그것 참 잘 됐네요.)
> やあ、だいぶ大_{おお}きくなったね！
> (야, 꽤 많이 컷네.)

② 부름(呼_よびかけ)을 나타내는 것

「もしもし」(여보세요) 「あの」(저기) 「あのね」(저기, 저기 있잖아) 「なあ」(여보게, 이봐) 「ねえ」(저기) 「おい」(야, 이봐) 등이 있다.

▊예▊ おい、早く来い！

(야, 빨리 와.)

あのね、これ何という？

(저기, 이거 뭐라고 해?)

③ 응답을 나타내는 것

「はい」(예) 「いいえ」(아니요) 「ええ」(예) 「うん」(응) 등이 있다.

▊예▊ A : あなたも行きますか。

(당신도 갈 겁니까?)

B : はい、行きます。

(예, 갈 겁니다.)

3 감동사의 용법

① 독립어로 사용된다.

▊예▊ ああ、よかった！
(아, 다행이다.)

さあ、始めましょう。

(그럼, 시작합시다.)

② 단독으로 하나의 문이 된다.

▊예▊ A : あなた、木村さんですね。

(당신, 기무라씨죠?)

B : いいえ。

(아니요.)

감동사와 조사(종조사)

다음 문에서 「ねえ」의 품사는 무엇일까?

우선 문의 처음에 나온 「ねえ」는 상대방의 주의를 끌기 위해 쓰여지는 표현으로, 부름(呼びかけ)을 나타내는 용법의 표현이다. 이것은 앞에서 배웠듯이 감동사이다. 그리고 문의 마지막에 쓰인 「ねえ」는 제11장에서 다루는 종조사(終助詞)이다. 여기서 종조사 「ねえ」는 가벼운 다짐, 확인(念押し)을 나타내는 용법으로 사용되었다.

감동사	조사(종조사)
↓	↓

예 ねえ、たぶん明日雨が降るだろうねえ。

(저기, 아마 내일 비가 내리겠지?)

문제

1. 다음 중 감동사를 고르시오. 그리고, 어떤 용법으로 쓰였는지 지적하시오.

① もしもし、田中ですが、キムさんお願いします。

(여보세요, 다나카인데요, 김○○씨 부탁드립니다.)

② はい、分かりました。

(예, 알았습니다.)

③ あら、裕子さんじゃないですか。

(어, 유코씨 아니세요?)

2. 다음 밑줄 친 부분의 품사를 쓰시오

① <u>ねえ</u>、早く行きましょうよ。

(저기요, 빨리 가요.)

② 今日はとてもいい天気です<u>ね</u>。

(오늘은 정말 좋은 날씨네요.)

③ <u>ねえ</u>、あなた、明日映画見に行かない?

(저기, 너, 내일 영화 보러 가지 않을래?)

④ 最近、とても寒い<u>ねえ</u>。

(요즘, 너무 춥네요.)

제7장 동사

1 동사의 특성

동사는 사물의 동작(動く, 行く, 運ぶ 등), 작용(降る, 咲く, 流れる 등), 존재(有る, 居る 등) 등을 나타내는 자립어로 활용이 있으며, 단독으로 술어가 될 수 있다.

2 동사의 활용

동사는 그 사용법에 따라 다음과 같이 어형이 변화한다. 이를 활용이라고 하며, 그 활용한 형태를 활용형이라고 한다. 이 때, 「か」「こ」「き」와 같이 변화하는 부분을 활용어미라고 하고, 변화하지 않은 「書」부분을 어간이라고 한다.

예 字を書かない。

(글자를 쓰지 않는다.)

字を書こう。

(글자를 써야지.)

字を書きます。

(글자를 씁니다.)

3 동사 활용형의 용법

동사의 활용형에는 미연형(未然形), 연용형(連用形), 종지형(終止形), 연체형(連

体形), 가정형(仮定形), 명령형(命令形)의 6가지 활용형이 있다. 동사 활용형의 주요 용법을 살펴보면 다음과 같다.

① 미연형

동작이나 작용이 아직 성립되어 있지 않음을 나타내는 형태를 미연형(未然形)이라고 한다. 부정형(ない형), 의지형(う・よう)이라고도 하며, 「せる・させる」「れる・られる」와 같은 조동사에도 연결된다.

▓예▓ 書かない。

(쓰지 않는다)

書こう。

(써야지)

食べさせる。

(먹게 하다)

食べられる。

(먹히다)

② 연용형

・용언에 연결되는 형태로 조동사 「ます」「て」「たり」「た」「たい」 등에 연결되며, 조사 「ながら」「ても」 등에도 연결된다.

▓예▓ 書きます(씁니다), 書きたい(쓰고 싶다), 書きながら(쓰면서)
書いて(쓰고), 書いたり(쓰거나), 書いた(썼다), 書いても(써도) 등

・연용형은 문을 중지하는 경우에도 사용된다.

【예】 大学に行き、友だちに会う。

(대학에 가서 친구를 만난다.)

バスに乗り、図書館に行く。

(버스를 타고, 도서관에 간다.)

· 다른 용언에 연결되어 복합동사, 복합형용사 등을 만드는 경우에 사용된다. 연용형이라는 용어는 여기에서 온 것이다.

【예】 書きはじめる(쓰기 시작하다), 書きにくい(쓰기 어렵다) 등

· 동사의 명사형으로서의 역할을 한다.

【예】 読み(읽기), 書き(쓰기) 등

③ 종지형

문을 종지할 때 사용하는 형태를 종지형이라고 한다. 조동사「そうだ」「らしい」, 조사「から」「けれども」 등에도 연결된다. 또한 단어로서 제시할 경우에 이 형태를 사용하므로 기본형이라고도 하며, 동사, 형용사, 조동사는 이 형태로 사전에 실려 있으므로 사전형이라고도 한다. 참고로 형용동사는 어간의 형태로 실려 있다.

【예】 雨が降るそうだ。

(비가 내린다고 한다.)

雨が降るらしい。

(비가 내릴 것 같다.)

雨が降るから、早く帰ろう。

(비가 내리니까, 빨리 돌아가자.)

雨が降るけれども、そのまま出かける。

(비가 내리지만, 그대로 외출한다.)

④ 연체형

말 그대로 체언에 연결되는 형태를 연체형이라고 한다. 이 외에 조동사「よう だ」, 조사「の」, 체언과 같이 사용되는 조사(준체조사)「ので」「のに」,「ばかり」 「だけ」「ほど」 등에도 연결된다.

■예■ 動物園に行くときは、声をかけてください。

(동물원에 갈 때는 이야기 해 주세요.)

彼は明日引っ越すようだ。

(그는 내일 이사 갈 것 같다.)

直接するより、見るのがいいです。

(직접 하는 것보다, 보는 것이 좋습니다.)

雨が降るので、傘を持っていく。

(비가 내리므로, 우산을 가지고 간다.)

飲めば飲むほどおいしくなる。

(마시면 마실수록 맛있어진다.)

⑤ 가정형

「ば」에 연결되어, 가정조건을 나타내는 형태를 가정형이라고 한다.

▌예▌ 雨が降れば、行事は中止です。

(비가 내리면, 행사는 중지입니다.)

⑥ 명령형

명령의 의미로 문을 종지하는 형태를 명령형이라고 한다.

▌예▌ 言う前に動け！

(말하기 전에 움직여!)

4 동사 활용의 종류

동사 활용의 종류에는 오단활용, 상일단 활용, 하일단 활용, サ행 변격활용, カ행 변격활용의 다섯 종류가 있다.

4.1 오단활용 동사

다음 표와 같이 「あ」「い」「う」「え」「お」단의 오단에 걸쳐 활용하는 동사를 오단활용 동사라고 한다.

▌예▌ 本を読まない。

(책을 읽지 않는다.)

本を読もう。

(책을 읽어야지.)

本を読みます。

(책을 읽습니다.)

本を読む。

(책을 읽는다.)

本を読むとき、スタンドをつけている。

(책을 읽을 때 스탠드를 켜고 있다.)

本を読めば、分かります。

(책을 읽으면 압니다.)

本を読め！

(책을 읽어!)

■ 오단 동사 활용형의 주요 용법

기본형	어간	미연형	연용형	종지형	연체형	가정형	명령형
読む	読	よま よも	よみ	よむ	よむ	よめ	よめ
주요 용법		ない, うに 연결	ます에 연결	종지	とき(체언)에 연결	ば에 연결	명령
활용하는 단		ア, オ	イ	ウ	ウ	エ	エ

● 동사의 음편

　오단동사에만 나타나는 현상으로 오단동사의 연용형에 「て」「た」「たり」가 접속될 때 음변화가 일어나는 현상을 동사의 음편(音便)이라고 한다. 보통 오단동사의 연용형은 「う」단이 「い」단으로 어미가 변화하지만, 이 경우는 특수하게 어미가 「い」「ん」「っ」으로 바뀐다. 이를 각각 「イ음편(イ音便)」「발음편(撥音便)」「촉음편(促音便)」이라 한다. 이를 표로 정리하면 다음과 같다.

어미	음편형	예)
く, ぐ	イ音便 _{おんびん}	引く→引いて 泳ぐ→泳いで
ぬ, む, ぶ	撥音便 _{はつおんびん}	死ぬ→死んで 読む→読んで 飛ぶ→飛んで
う, つ, る	促音便 _{そくおんびん}	買う→買って 待つ→待って 乗る→乗って
す	음편이 없음	話す→話して
예외	促音便 _{そくおんびん}	行く→行って

◉ 특수 오단활용 동사

　「なさる」(하시다) 「いらっしゃる」(계시다) 「くださる」(주시다) 「おっしゃる」
(말씀하시다)와 같은 동사는 존경의 의미를 나타내는 동사이다. 이들 존경을 나타
내는 동사는 오단동사이지만, 「ます」에 연결될 때는 「い」가 되고, 또한, 명령형도
「い」로 되어 오단동사와는 다른 형태를 보이므로, 특수 오단활용 동사라고 한다.

　　██예██　佐藤先生はそんなことはなさらないと思う。

　　　　　(사토 선생님은 그런 일은 하시지 않을 거라고 생각한다.)

　　　　　お客様は居間にいらっしゃいます。

　　　　　(손님은 거실에 계십니다.)

　　　　　鈴木さんはいつもお土産を持ってきてくださる。

　　　　　(스즈키씨는 언제나 선물을 가지고 와 주신다.)

あの方<ruby>方<rt>かた</rt></ruby>がそんなことを<u>なさる</u>ことがありますか。

(저 분이 그런 일을 하시는 경우가 있습니까?)

<ruby>東京<rt>とうきょう</rt></ruby>に<u>いらっしゃれば</u>、<ruby>声<rt>こえ</rt></ruby>をかけて<u>ください</u>。

(도쿄에 오시면, 연락해 주세요.)

■ 특수 오단동사 활용형의 주요 용법

기본형	어간	미연형	연용형	종지형	연체형	가정형	명령형
なさる	なさ	−ら −ろ	−い −っ	−る	−る	−れ	−い
いらっしゃる	いらっしゃ						
くださる	くださ						
おっしゃる	おっしゃ						
주요용법		ない, う에 연결	ます, た에 연결	종지	とき(체언) 에 연결	ば에 연결	명령
활용하는 단		ア, オ	イ	ウ	ウ	エ	イ

4.2 상일단활용 동사

　다음의 「<ruby>起<rt>お</rt></ruby>きる」(일어나다)와 같은 동사의 활용형은 활용어미의 「い」단음에 종지형, 연체형에서는 「る」, 가정형에서는 「れ」, 명령형에서는 「ろ」「よ」가 각각 붙은 형이다. 이와 같은 활용을 하는 동사를 상일단활용 동사라고 한다.

　■예■ <ruby>朝<rt>あさ</rt></ruby>、<ruby>早<rt>はや</rt></ruby>く<u><ruby>起<rt>お</rt></ruby>きない</u>。

　　(아침 일찍 일어나지 않는다.)

　　<ruby>朝<rt>あさ</rt></ruby>、<ruby>早<rt>はや</rt></ruby>く<u><ruby>起<rt>お</rt></ruby>きます</u>。

　　(아침 일찍 일어납니다.)

朝、早く起きる。

(아침 일찍 일어난다.)

早く起きるときは、目覚まし時計を使っている。

(일찍 일어날 때는 알람시계를 사용하고 있다.)

朝、早く起きれば、いつも運動をしています。

(아침 일찍 일어나면, 언제나 운동을 하고 있습니다.)

早く起きろ(よ)！

(빨리 일어나!)

■ 상일단동사 활용형의 주요 용법

기본형	어간	미연형	연용형	종지형	연체형	가정형	명령형
起きる	起	おき おき	おき	おき る	おき る	おき れ	おき ろ おき よ
주요용법		ない, よう에 연결	ます에 연결	종지	とき(체언)에 연결	ば에 연결	명령
활용하는 단		イ	イ	イ(ル)	イ(ル)	イ(レ)	イ(ロ) イ(ヨ)

◉ 학교문법에서 「起きる」(일어나다)의 어간은 「起」이고 나머지 부분이 어미로 인정되고 있다. 그러나, 실제로 「起きる」의 경우, 어간인 변하지 않는 부분이 「起き」(起きない, 起きます, 起きる, 起きる時, 起きれば, 起きろ(よ))이므로 어간은 「起き」라고 하는 것이 바를 것이다. 이는 학교문법의 문제점으로 지적되고 있는 사항이다.

◉ 「走る」(달리다) 「知る」(알다) 「要る」(필요하다) 「入る」(들어가다) 「切る」(자르다) 등과 같이 형태는 상일단 활용동사와 같지만, 예외적으로 오단활용을 하는 동사도 있다.

[4.3] 하일단활용 동사

　다음의 「食べる」(먹다)와 같은 동사의 활용형은 활용어미의 「え」단음에 종지형, 연체형에서는 「る」, 가정형에서는 「れ」, 명령형에서는 「れ」「ろ」가 각각 붙은 형이다. 이와 같은 활용을 하는 동사를 하일단활용 동사라고 한다.

▌예▌ 朝御飯を食べない。

　　(아침밥을 먹지 않는다.)

　　朝御飯を食べます。

　　(아침밥을 먹습니다.)

　　朝御飯を食べる。

　　(아침밥을 먹는다.)

　　食べるときは、静かにしてください。

　　(먹을 때는 조용히 해 주세요)

　　納豆は食べれば食べるほどおいしくなる。

　　(낫토는 먹으면 먹을수록 맛있어진다.)

　　早く食べろ(よ)！

　　(빨리 먹어!)

■ 하일단 동사 활용형의 주요 용법

기본형	어간	미연형	연용형	종지형	연체형	가정형	명령형
食べる	食	たべ たべ	たべ	たべ る	たべ る	たべ れ	たべ ろ たべ よ
주요용법		ない, よう 에 연결	ます에 연결	종지	とき(체언) 에 연결	ば에 연결	명령
활용하는 단		エ	エ	エ(ル)	エ(ル)	エ(レ)	エ(ロ) エ(ヨ)

● 「帰る」(돌아가다) 「減る」(줄다) 「滑る」(미끄러지다) 「蹴る」(차다) 「喋る」(말하다, 수다 떨다) 등과 같이 형태는 하일단활용 동사와 같지만, 예외적으로 오단활용을 하는 동사도 있다.

4.4 カ행 변격활용 동사

변격활용이란 위의 오단활용 동사, 상일단활용 동사, 하일단활용 동사처럼 규칙적으로 활용이 일어나지 않고 불규칙적으로 일어나는 활용을 말한다. 일본어에서 다음과 같이 활용하는 동사를 カ행 변격활용 동사라고 하며, 일본어에서 カ행 변격활용 동사는 「来る」(오다) 한 단어만 존재한다.

> **예** 彼は来ない。
>
> (그는 오지 않는다.)
>
> 彼はかならず来ます。
>
> (그는 반드시 옵니다.)
>
> 彼はかならず来る。
>
> (그는 반드시 온다)
>
> 来るときは、連絡してね。
>
> (올 때는 연락해.)
>
> 彼が来れば、分かるようになります。
>
> (그가 오면 알게 됩니다.)
>
> 早く来い！
>
> (빨리 와!)

■ カ행변격 동사 활용형의 주요 용법

기본형	어간	미연형	연용형	종지형	연체형	가정형	명령형
来る		こ	き	くる	くる	くれ	こい
주요 용법		ない, よう에 연결	ます에 연결	종지	とき(체언)에 연결	ば에 연결	명령
활용하는 단		オ	イ	ウ(ル)	ウ(ル)	ウ(レ)	オイ

4.5 サ행 변격활용 동사

サ변격활용도 カ행 변격활용과 같이 활용이 불규칙적으로 일어나는 활용이다. 일본어에서 다음과 같이 활용하는 동사를 サ행 변격활용 동사라고 하며, 일본어에서 サ행 변격활용 동사는 「する」(하다) 한 단어밖에 없다.

예
私はあまり運動をしない。

(나는 별로 운동을 하지 않는다.)

彼は毎朝運動をします。

(그는 매일 아침 운동을 합니다.)

彼は毎朝運動をする。

(그는 매일 아침 운동을 한다.)

運動をするときは、けがしないように気をつけたほうがいい。

(운동을 할 때는 다치지 않도록 주의하는 게 좋다.)

運動をすれば、健康にいい。

(운동을 하면 건강에 좋다.)

運動をしろ(せよ)！

(운동을 해!)

■ サ행변격 동사 활용형의 주요 용법

기본형	어간	미연형	연용형	종지형	연체형	가정형	명령형
する		し せ さ	し	する	する	すれ	しろ せよ
주요 용법		ない, よう, ざる, ぬ, せる, れる에 연결	ます, た에 연결	종지	とき(체언) 에 연결	ば에 연결	명령
활용하는 단		イ, エ, ア	イ	ウ(ル)	ウ(ル)	ウ(レ)	イ(ロ) エ(ヨ)

5 자동사와 타동사

자동사란 동작이나 작용의 영향이 다른 것에 미치지 않는 동사를 말하며, 타동사란 동작·작용의 영향이 다른 것에도 미치는 동사를 말한다.

① 자동사

목적어를 필요로 하지 않는 동사로, 「起きる」(일어나다) 「止まる」(멈추다) 등이 있다.

▌예▐ 朝、早く起きる。

(아침 일찍 일어난다.)

車が止まる。

(차가 멈춘다.)

② 목적어를 필요로 하는 동사로, 「読む」(읽다) 「食べる」(먹다) 등이 있다.

▌예▐ 本を読む。

(책을 읽다.)

ご飯を食べる。

(밥을 먹다.)

◉ 자동사와 타동사 중에는 다음 표와 같이 어근의 일부를 공유하면서 대응관계를 이루고 있는 경우가 있다.

동사형		자동사	타동사
-iru → -asu		生きる	生かす
-u → -eru		立つ	立てる
-eru → -asu		出る	出す
-ru → -su		起る	起す
aru →	-u	掴まる	掴む
	-eru	始まる	始める
-ru → -seru		似る	似せる
-eru → -ru		見える	見る
-areru → -u		生まれる	生む

6 의지동사와 무의지동사

의지동사란 인간의 의지에 의한 동작을 나타내는 동사이고, 무의지 동사는 인간의 의지로는 컨트롤할 수 없는 동사를 말한다.

① 의지동사

인간의 의지에 의한 동작을 나타내는 동사로, 「読む」(읽다) 「買う」(사다) 「食べる」(먹다) 등의 동사가 있다.

■예■ 本を読む。

（책을 읽다.）

ノートを買う。

（노트를 사다.）

パンを食べる。

（빵을 먹다.）

② 무의지 동사

인간의 의지로 컨트롤할 수 없는 동사로, 「降る」(내리다) 「咲く」(피다) 「乾く」
(마르다) 등의 동사가 있다.

■예■ 雨が降る。

（비가 내리다.）

花が咲く。

（꽃이 피다.）

道が乾く。

（길이 마르다.）

● 의지동사와 무의지동사의 구별은 절대적인 것이 아니고, 같은 동사가 의지동사
가 되기도 하고, 무의지동사가 되기도 한다.

■예■ 化粧を落とす。　　　＜의지동사＞

（화장을 지우다.）

財布を落とす。　　　＜무의지동사＞

（지갑을 분실하다.）

7 형식동사(보조동사)

형식동사란 동사 본래의 의미가 약해져 다른 동사의 「て」형 뒤에 붙어 사용되는 동사로, 앞의 본동사에 어떠한 의미를 첨가해 주거나 보조적인 역할을 하는 동사를 말한다. 「-ている」(-하고 있다) 「-てある」(-해져 있다) 「-てくる」(-해 오다) 「-ていく」(-해 가다) 「-ておく」(-해 두다) 「-てしまう」(-해 버리다) 등이 있다.

▋예▋ 本を読んでいる。

(책을 읽고 있다.)

本が置いてある。

(책이 놓여져 있다.)

日が沈んできた。

(해가 저물어 왔다.)

子供はだんだん大きくなっていった。

(아이는 점점 커졌다.)

本を机の上に置いておいた。

(책을 책상 위에 놓아 두었다.)

大事な会議があるのに、遅刻してしまった。

(중요한 회의가 있는데, 지각해 버렸다.)

8 수수동사

수수동사라는 것은 사물의 수수(授受)를 나타내는 동사이다. 「くれる」((나에게)주다) 「くださる」((나에게)주시다) 「やる」(주다) 「あげる」(주다) 「さしあげる」(드리다) 「もらう」(받다) 「いただく」(받다) 등과 같은 종류가 있다.

［예］ 妹が本を<u>くれました</u>。

(여동생이 책을 주었습니다.)

先生が辞書を<u>くださいました</u>。

(선생님이 사전을 주셨습니다.)

花に水を<u>やりました</u>。

(꽃에 물을 주었습니다.)

友だちにお菓子を<u>あげました</u>。

(친구에게 과자를 주었습니다.)

先生に韓国のお菓子を<u>さしあげました</u>。

(선생님에게 한국 과자를 드렸습니다.)

彼にプレゼントを<u>もらいました</u>。

(그에게 선물을 받았습니다.)

鈴木先生から日本のお菓子を<u>いただきました</u>。

(스즈키 선생님께 일본 과자를 받았습니다.)

◉ 수수동사에는 「-てくれる」((상대방이)-해 주다) 「-てくださる」((상대방이)-해
주시다) 「-てやる」(-해 주다) 「-てあげる」(-해 주다) 「-てさしあげる」(-해
드리다) 「-てもらう」(-해 받다) 「-ていただく」(-해 받다)와 같이 「-て」를
동반한 용법도 있다. 이에 대해서는 제3부 제1장에서 다루기로 한다.

9 복합동사

복합동사란 두 개 이상의 동사가 결합하여 만들어진 동사를 말한다. 복합동사에
는 다음과 같은 종류가 있다.

① 동사＋동사

　　■예■ 書き取る(쓰다), 考えつく(생각하다) 등

② 명사＋동사

　　■예■ 勉強する(공부하다), 心得る(알다, 이해하다) 등

● 「する」는 「散歩」(산책) 「運転」(운전) 「パス」(통과) 등과 같이 동작성을 지닌 한자어 명사나 외래어 뒤에 접속하여 「散歩する」(산책하다), 「運転する」(운전 하다), 「パスする」(통과하다) 등과 같이 동사를 만든다.

③ 형용사의 어간＋동사

　　■예■ 近寄る(접근하다), 遠退く(멀어지다) 등

④ 명사＋접미어

　　■예■ 学者ぶる(학자인 체하다), 春めく(봄다워지다), 汗じみる(땀이 배다) 등

⑤ 형용사의 어간＋접미어

　　■예■ 強がる(강한 체하다) 등

⑥ 접두어＋동사

　　■예■ たなびく(구름이나 안개 따위가 가로로 길게 뻗치다) 등

1. 다음 동사를 활용시켜 (　)안에 넣으시오.

① 彼は靴も(ぬぐ)ないで、部屋に入った。

(그는 신발도 벗지 않고, 방에 들어왔다.)

② 昨日、偶然山田さんに(会う)た。

(어제 우연히 야마다씨를 만났다)

③ 彼は毎日犬の散歩を(する)せる。

(그는 매일 개의 산책을 시킨다.)

④ 明日、田中先生が(いらっしゃる)ます。

(내일 다나카 선생님이 오십니다.)

⑤ 木村先生がそう(おっしゃる)ています。

(기무라 선생님이 그렇게 말씀하고 계십니다.)

2. 다음 동사의 활용형 명칭을 쓰시오.

① 明日、晴れれば、遊びに行きましょう。

(내일 날이 개면, 놀러 갑시다.)

② 彼とは会わないつもりです。

　　（그와는 만나지 않을 생각입니다.）

③ 寒いから、はやく帰ろう。

　　（추우니까, 빨리 돌아가야지.）

④ 早く言え！

　　（빨리 말해!）

⑤ 彼女は行きたいと言った。

　　（그녀는 가고 싶다고 했다.）

3. 다음 복합동사의 구성을 분석하시오.

① 考え込む。

　　（깊이 생각하다）

② 寒がる。

　　（추워하다）

③ 運転する。

　　（운전하다）

④ 子供じみる。

(아이처럼 행동하다)

⑤ 食べ始める。

(먹기 시작하다)

⑥ 話しかける。

(말을 걸다)

⑦ 時めく。

(때를 만나 드날리다)

4. 다음 동사를 자동사, 타동사로 구별하고 그에 대응하는 자동사,
타동사를 쓰시오.

① 開ける   (   ) (   )
(열다)

② 出る   (   ) (   )
(나오다)

③ 並ぶ   (   ) (   )
(늘어서다)

④ 集<ruby>あ<rt></rt></ruby>まる　（　　　　　　）　（　　　　　　　）

(모이다)

⑤ 消<ruby>き<rt></rt></ruby>える　（　　　　　　）　（　　　　　　）

(사라지다)

제8장 형용사

1 형용사의 특성

사물의 성질이나 상태, 모양 등을 나타내는 자립어로 활용이 있으며, 단독으로 술어가 될 수 있다.

2 형용사의 종류

형용사의 종류에는 속성형용사, 감정형용사가 있고, 복합형용사와 같은 특수형용사도 있다.

2.1 속성형용사

사람이나 사물의 속성(특성, 성질)을 나타낸다. 속성형용사에는 「若^{わか}い」(젊다) 「明^{あか}るい」(밝다) 「少^{すく}ない」(적다) 등이 있다.

> **예** あの人^{ひと}は若^{わか}い。
>
> (저 사람은 젊다.)
>
> この部屋^{へや}は明^{あか}るい。
>
> (이 방은 밝다.)

2.2 감정형용사

사람의 감정, 감각을 나타낸다. 평서문에서 감정형용사가 술어로 쓰이는 경우는

보통 화자의 감정을 나타내며, 의문문에서는 상대방의 감정을 나타내는데, 3인칭 주체의 감정을 나타내는 경우에는 「-がる」를 붙여서 동사화한다. 감정형용사에는 「痛い」(아프다) 「悲しい」(슬프다) 「嬉しい」(기쁘다) 등이 있다.

▮예▮ 私は嬉しい。　　　　　　　　　<평서문>

(나는 기쁘다.)

あなたは嬉しいですか。　　　　<의문문>

(당신은 기쁩니까?)

○　あの人は悲しがっています。　　<3인칭 주체>

(저 사람은 슬퍼하고 있습니다.)

×　あの人は悲しい。

(저 사람은 슬프다.)

---

3 형용사의 활용

형용사도 동사와 같이 사용법에 따라 다음과 같이 어형이 변화한다. 다음에서 「よ」와 같이 변화하지 않는 부분을 어간이라고 하고, 「かっ」「かろ」「く」와 같이 변화하는 부분을 활용어미, 또는 어미라고 한다.

▮예▮ それはよかろう。

(그것은 좋을 것이다.)

昨日は天気が大変よかった。

(어제는 날씨가 매우 좋았다.)

天気がだんだんよくなる。

(날씨가 점점 좋아진다.)

4 형용사 활용형의 용법

형용사의 활용형은 동사와 유사하지만, 동사와 달리 명령형이 존재하지 않는 것이 특징이다.

① 미연형

조동사 「う」에 접속되어 추량의 의미를 나타낸다. 그러나, 일반적으로 추량표현에는 형용사의 종지형에 「だろう」가 붙어서 쓰이고 있다.

▓예▓ 明日はたぶん天気がよかろう。

(내일은 아마 날씨가 좋을 것이다.)

② 연용형

· 조동사 「ない」 「た」, 동사 「なる」에 접속된다.

▓예▓ これから暑くなると思います。

(이제부터 더워질 거라고 생각합니다.)

今年はあまり暑くない。

(올해는 그다지 덥지 않다.)

昨日はとても暑かった。

(어제는 매우 더웠다.)

· 「く」의 형태로 문을 중지하는 역할을 하며, 명사적 역할도 한다.

▓예▓ 彼女は顔も美しく、性格もよい。

(그녀는 얼굴도 아름답고, 성격도 좋다.)

近くに公園があります。

(근처에 공원이 있습니다.)

③ 종지형
· 문을 종지한다.

　　▓예▓　今日は暑い。
　　　　　(오늘은 덥다.)

· 조동사 「そうだ」, 조사 「けれども」 「が」 등에 연결된다.

　　▓예▓　外は寒いそうだ。
　　　　　(밖은 춥다고 한다.)
　　　　　顔はいいけれども、性格が悪い。
　　　　　(얼굴은 좋지만, 성격이 나쁘다.)

④ 연체형
· 체언에 접속된다.

　　▓예▓　暑いときは、海に行くことにしている。
　　　　　(더울 때는, 바다에 가고 있다.)

· 조사 「の」 「ので」 「のに」, 조동사 「ようだ」 등에 연결된다.

　　▓예▓　いいのがあるので、来てください。
　　　　　(좋은 게 있으니까, 와 주세요.)
　　　　　おいしいのに、誰も食べてくれない。
　　　　　(맛있는데, 아무도 먹어주지 않는다.)

⑤ 가정형

「ば」에 연결된다.

　　█예█　暑ければ、このボタンを押してください。
　　　　（더우면, 이 버튼을 눌러 주세요.）

⑥ 명령형

형용사의 명령형은 없다.

■ 형용사 활용표

기본형	어간	미연형	연용형	종지형	연체형	가정형	명령형
よい	よ	よかろ	よく よかっ	よい	よい	よけれ	×
주요용법		う에 연결	ない, なる, た에 연결	종지	とき(체언) 에 연결	ば에 연결	

5 형용사 어간의 용법

형용사의 어간은 다음과 같이 여러 가지 용법이 존재한다.

① 어간만으로 한 문절과 같이 사용할 수가 있다.
　　█예█　あ、いた(痛)！
　　　　（아, 아파!）
　　　　あ、さむ(寒)！
　　　　（아, 추워!）

② 접미어 「さ」「み」를 접속시켜 명사를 만들 수가 있다.
　　█예█　高さ(높이), 寒さ(추위), 美しさ(아름다움), 深み(깊이) 등

어미 「い」앞이 「し」가 아닌 경우, 접미어 「け」가 붙어 명사가 되는 경우도 있다.

　■예■　寒^{さむ}け(오한), 眠^{ねむ}け(졸음) 등

③ 다른 단어와 결합하여, 또는, 어간이 반복되어 복합어를 만든다.

　■예■　安売^{やす う}り(싸게 팜), 近々^{ちかぢか}(머지않아, 일간) 등

④ 양태를 나타내는 조동사 「そうだ」에 연결된다.

　■예■　暑^{あつ}そうだ(더운 것 같다), 眠^{ねむ}そうだ(졸린 것 같다) 등

6 　형용사의 「う」음편

　형용사에 「ございます」「存^{ぞん}じます」가 붙는 경우, 본래는 어미 「い」가 「く」로 바뀐 다음, 「ございます」「存^{ぞん}じます」가 연결되나, 이때, 「く」가 「う」로 바뀌는 현상을 형용사의 「う」음편이라고 한다. 이 경우, 형용사는 다음과 같이 4가지 음편이 일어난다.

① 「い」앞이 「あ」단인 경우, 「あ」단이 「お」단으로 바뀐 다음 「う」가 붙는다.
　「あ」단→「お」단+「う」

　■예■　ありがたい＋ございます
　　　　→ ありがたく＋ございます
　　　　→ ありが<u>とう</u>ございます。
　　　　　（감사합니다.）

② 「い」앞이 「い」단인 경우, 「い」에 「ゅ」가 접속되고 「う」가 붙는다.
　「い」단+「ゅ」+「う」

■예■ よろしい＋ございます
  → よろしく＋ございます
  → よろし<u>ゅう</u>ございます。
    (좋습니다.)

③ 「い」앞이 「や」인 경우, 「や」가 「よ」로 바뀌고 「う」가 붙는다.
  「や」→「よ」＋「う」
  ■예■ はやい＋ございます
    → はやく＋ございます
    → は<u>よう</u>ございます。
      (빠릅니다.)

④ 그 외의 형용사의 음편은 어미 「い」가 「う」로 바뀐다.
  「く」→「う」
  ■예■ あつい＋ございます
    → あつく＋ございます
    → あ<u>つう</u>ございます。
      (덥습니다.)
    つよい＋ございます
    → つよく＋ございます
    → つ<u>よう</u>ございます。
      (강합니다.)

①②③은 어간의 일부가 변한 것이고, ④는 어간이 변화하지 않는다.

7 복합형용사

복합형용사는 다음과 같이 구성된다.

① 명사＋형용사

　　예　名高い(이름 높다, 명성 있다), 息苦しい(숨 막히다, 답답하다) 등

② 동사의 연용형＋형용사

　　예　むし暑い(후덥지근하다), 見苦しい(보기 흉하다) 등

③ 형용사의 어간＋형용사

　　예　古くさい(아주 낡다), 細長い(홀쭉하다) 등

④ 명사＋형용사화 접미어

　　예　男らしい(남자답다)、大人しい(온순하다, 얌전하다) 등

⑤ 접두어＋형용사

　　예　こ高い(좀 높다, 약간 높다), か細い(가냘프다, 연약하다)

⑥ 동사의 미연형＋しい

　　예　なまめかしい(품위 있고 아름답다), 輝かしい(빛나다, 훌륭하다) 등

⑦ 형용사의 어간＋동일 형용사의 어간＋しい

　　예　弱々しい(허약하다, 가냘프다), 重々しい(엄숙하고 무게가 있다, 정중
　　하다) 등

형용사의 연체(連体)용법의 예외

형용사가 명사를 수식할 경우, 어떤 형태로 수식할까? 형용사는 일반적으로 기본형으로 명사를 수식하지만, 다음 예문의 「遠い」(멀다)「近い」(가깝다)「多い」(많다)「少ない」(적다)와 같이 예외적인 경우도 있다.

■예■ × 近い図書館で勉強する。

○ 近くの図書館で勉強する。

(근처 도서관에서 공부한다.)

× 多い人が参加した。

○ 多くの人が参加した。

(많은 사람이 참가했다.)

하지만, 이와 같은 형용사도 다음 예와 같이 명사수식절의 술어로 쓰일 경우, 기본형의 형태로 명사를 수식할 수 있다.

■예■ 家の近い人

(집이 가까운 사람)

■예■ 友だちの多いキムさん

(친구가 많은 김○○씨)

1. 다음 중 형용사의 음편이 잘못된 것을 고르고, 바르게 고치시오

① おはようございます。
   (안녕하세요.)

② ありがとうございます。
   (감사합니다.)

③ あつうございます。
   (덥습니다.)

④ おめでとうございます。
   (축하합니다.)

⑤ うれしうございます。
   (기쁩니다.)

2 다음 형용사를 적당히 활용시켜 넣으시오.

① 彼女は昔、とても(美しい)た。
   (그녀는 예전에 매우 아름다웠다.)

② (安い)ば、買います。
   (싸면 사겠습니다.)

③ これから(暑い)なるだろう。

(지금부터 더워질 것이다.)

④ 彼は(おもしろい)人だ。

(그는 재미있는 사람이다.)

⑤ 彼に会うとしても、ちっとも(嬉しい)ない。

(그를 만난다고 하더라도 조금도 기쁘지 않다.)

3. 다음 복합 형용사의 구성을 분석하시오.

① 女らしい。

(여자답다)

② か弱い。

(연약하다, 가냘프다)

③ しおからい。

(짜다)

④ 蒸し暑い。

(후덥지근하다)

⑤ 薄暗^{うすぐら}い。

(침침하다)

⑥ 名高^{なだか}い。

(이름 높다)

⑦ 見苦^{みぐる}しい。

(보기 흉하다)

4. 다음 형용사의 활용형 명칭을 쓰시오

① これはとても珍^{めずら}しいものですね。

(이것은 매우 신기한 것이네요.)

② 今年^{ことし}の冬^{ふゆ}はとても寒^{さむ}くなるそうだ。

(올해 겨울은 매우 추워질 거라고 한다.)

③ もう少^{すこ}し背^せが高^{たか}ければよかったのに。

(좀 더 키가 컸으면 좋았을 텐데.)

④ 彼^{かれ}はとても性格^{せいかく}がいい。

(그는 정말 성격이 좋다.)

제9장 형용동사

1 형용동사의 특성

사물의 성질, 상태를 나타내는 자립어로 그 자체만으로 술어가 될 수가 있고, 활용이 있다.

2 형용동사의 활용

형용동사는 그 사용법에 따라 어형이 변화한다. 다음에서 「静か」와 같이 변화하지 않는 부분을 어간이라고 하며, 「だろ」「で」「に」와 같이 변화하는 부분을 활용어미, 또는 어미라고 한다.

> **예** あそこは静かだろう。
> (저기는 조용할 것이다.)
> あそこは静かでない。
> (저기는 조용하지 않다.)
> あそこは静かになるだろう。
> (저기는 조용해질 것이다.)

3 형용동사 활용형의 용법

형용동사의 활용형도 형용사의 활용형과 같이 명령형이 존재하지 않는다.

① 미연형

조동사 「う」에 접속되어 추량의 의미를 나타낸다.

███예███ 図書館は静かだろう。

(도서관은 조용할 것이다.)

② 연용형

· 조동사 「ない」「た」, 동사 「なる」에 접속된다.

███예███ 彼女は彼のことが好きでないと思う。

(그녀는 그를 좋아하지 않는다고 생각해.)

図書館はとても静かだった。

(도서관은 매우 조용했다.)

ここはもうすぐ静かになると思います。

(여기는 곧 조용해 질 거라고 생각합니다.)

· 「で」의 형태로 문을 중지하는 역할을 한다.

███예███ 彼はまじめで、静かな人です。

(그는 성실하고, 조용한 사람입니다.)

③ 종지형

· 문을 종지한다.

███예███ 彼女はとてもきれいだ。

(그녀는 매우 예쁘다.)

・조동사 「そうだ」, 조사 「けれども」 「が」 등에 연결된다.

▓예▓ 外は静かだそうだ。

(밖은 조용하다고 한다.)

顔はきれいだけれども、性格が悪い。

(얼굴은 예쁘지만, 성격이 나쁘다.)

④ 연체형
・체언에 접속된다.

▓예▓ さわやかな風が入ってきた。

(상쾌한 바람이 들어왔다.)

・조사 「の」 「ので」 「のに」, 조동사 「ようだ」 등에 연결된다.

▓예▓ パソコンは便利なので、みんな使っている。

(PC는 편리하므로, 모두 사용하고 있다.)

歌が上手なのに、全然歌わない。

(노래를 잘하는데, 전혀 부르지 않는다.)

彼女は純粋なようだ。

(그녀는 순수한 것 같다.)

⑤ 가정형

「ば」에 연결된다.

■예■ 彼女_{かのじょ}のことが<u>好</u>_すきならば、<u>告白</u>_{こくはく}しなさい。

(그녀가 좋아한다면, 고백하세요.)

⑥ 명령형

형용사의 명령형은 없다.

■ 형용동사의 활용표

기본형	어간	미연형	연용형	종지형	연체형	가정형	명령형
静_{しず}かだ	しずか	しずかだろ	しずかで しずかだっ しずかに	しずかだ	しずかな	しずかなら	×
주요 용법		う에 연결	ない, た, なる에 연결	종지	とき(체언) 에 연결	ば에 연결	

4 형용동사 어간의 용법

형용동사의 어간은 다음과 같이 여러 가지 용법이 존재한다.

① 어간만으로 한 문절과 같이 사용할 수가 있다.

■예■ ああ、とても<u>きれい</u>！
(아아, 너무 예뻐!)
まあ、<u>すてき</u>！
(어머, 멋있어!)

② 접미어「さ」를 접속시켜 명사를 만들 수가 있다.

　　예 静かさ(조용함), のどかさ(한가함) 등

③ 양태를 나타내는 조동사「そうだ」, 추량을 나타내는 조동사「らしい」에 연결된다.

　　예 この機械はとても便利そうだ。
　　　　　(이 기계는 매우 편리하다고 한다.)
　　　　　この図書館はとても静かそうだ。
　　　　　(이 도서관은 매우 조용할 것 같다.)

5 특수 형용동사

　형용동사 중에「同じだ」(같다)「こんなだ」(이렇다)「そんなだ」(그렇다)「あんなだ」(저렇다)「どんなだ」(어떻다)는 다음과 같이 특수하게 활용한다.

■ 특수한 활용을 하는 형용동사 활용표

기본형	어간	미연형	연용형	종지형	연체형	가정형	명령형
同じだ	おなじ	おなじだろ	おなじで おなじだっ おなじに	おなじだ	おなじ	おなじなら	×
こんなだ	こんな	こんなだろ	こんなで こんなだっ こんなに	こんなだ	こんな	こんななら	×
주요 용법		う에 연결	ない, た, なる에 연결	종지	とき (체언)에 연결	ば에 연결	

6 복합 형용동사

복합형용사는 다음과 같이 구성된다.

① 접두어+형용동사

　　　예　お静かだ(조용하시다), こ綺麗だ(말쑥하다) 등

② 형용사의 어간+접미어+だ

　　　예　悲しげだ(슬픈 듯하다), 苦しげだ(괴로운 듯하다) 등

③ 명사+접미어(한자어 접미어)+だ

　　　예　経済的だ(경제적이다), 印象的だ(인상적이다) 등

④ 명사+형용사의 어간+だ

　　　예　手狭だ(비좁다), 気長だ(느긋하다) 등

형용동사는 형용사인가, 동사인가?

　형용동사는 원래 고어에서 명사에 단정을 나타내는 조동사「なり」「たり」(현대어의 단정을 나타내는 조동사는「だ」)가 붙어서 생겼는데, 이때 조동사의 동사를 따서 형용동사라는 용어가 만들어졌다. 그러나, 기능적으로는 형용사에 가깝기 때문에 최근 일본어 교육에서는 이것을 な형용사라 하여, 형용사의 일종으로 다루고 있다.

1. 다음 형용동사를 적당히 활용시켜 (   )안을 채우시오.

① このパソコンは(便利だ)う。

   (이 PC는 편리할 것이다.)

② (きれいだ)ば会ってみます。

   (예쁘면, 만나 보겠습니다.)

③ その図書館はとても(静かだ)た。

   (그 도서관은 정말 조용했다.)

④ この部屋はとても(きれいだ)。

   (이 방은 매우 깨끗하다.)

⑤ 彼はとても(まじめだ)人です。

   (그는 매우 성실한 사람입니다.)

2 다음 복합 형용동사의 구성을 분석하시오.

① さびしげだ。
   (외로운 듯하다)

② 気短だ。

(성격이 급하다)

③ 積極的だ。

(적극적이다)

3. 다음 형용동사의 활용형 명칭을 쓰시오.

① いやなら、やめよう。

(싫으면 그만두자.)

② 大学の図書館はとても静かだった。

(대학 도서관은 정말 조용했다.)

③ 近くにスーパーがあるから、買い物するのに便利だろう。

(근처에 슈퍼마켓이 있기 때문에, 쇼핑하는데 편리할 것이다.)

④ 田中さんはとても親切な人です。

(다나카씨는 정말 친절한 사람입니다.)

⑤ 彼女はきれいになりたいと思った。

(그녀는 예뻐지고 싶다고 생각했다.)

제10장 조동사

1 조동사의 특성

주로 용언 등의 자립어에 붙어, 그 말에 여러 가지 의미를 첨가하는 부속어로 활용이 있다. 다른 조동사와 조사에 붙어 서술의 기능을 부여하는 말도 있다. 조동사를 생각할 때 중요한 점은 조동사가 활용어(동사, 형용사, 형용동사)의 어떠한 활용형(미연형, 연용형, 종지형, 연체형, 가정형, 명령형)에 접속하는지와 조동사 그 자체가 어떻게 활용하느냐 하는 것이다.

2 조동사의 종류

2.1 활용에 의한 분류

① 동사형 활용 : れる・られる, せる・させる, たがる
② 형용사형 활용 : たい, ない, らしい
③ 형용동사형 활용 : ようだ, そうだ, だ, みたいだ
④ 특수형 활용 : ぬ(ん), ます, です
⑤ 어형이 변하지 않는 것(무활용) : う・よう, まい

2.2 접속에 의한 분류

① 미연형에 붙는 것 : れる・られる, せる・させる, ない, ぬ(ん),
　　　　　　　　　　　　う(오단)・よう(오단이외), まい(오단이외)
② 연용형에 붙는 것 : た, たい, たがる, ます, そうだ(양태)
③ 종지형에 붙는 것 : そうだ(전문), らしい, まい(오단)
④ 연체형에 붙는 것 : ようだ

⑤ 체언에 붙는 것 : だ, です, らしい, みたいだ

⑥ 조사에 붙는 것 : だ, です, ようだ

2.3 의미에 의한 분류

① 수동 : れる・られる

② 가능, 자발, 존경 : れる・られる

③ 사역 : せる・させる

④ 부정 : ない, ぬ(ん)

⑤ 과거, 완료 : た(だ)

⑥ 추량, 의지, 권유 : う・よう, らしい, まい

⑦ 희망 : たい, たがる

⑧ 정중(丁寧) : ます

⑨ 단정 : だ, です

⑩ 비유 : ようだ, みたいだ

⑪ 전문 : そうだ

⑫ 양태 : そうだ

3 수동의 조동사 「れる・られる」

「れる・られる」는 다음과 같이 동사의 미연형에 붙어, 외부로부터의 동작을 받는 다는 의미를 나타낸다. 이러한 조동사를 수동의 조동사라고 한다. 「れる」는 오단동 사에, 「られる」는 일단동사에 붙으며, 변격동사는 각각 「来られる」「される」이다.

예 彼に叩かれた。

(그에게 맞았다.)

妹にお菓子を食べられた。

(여동생이 과자를 먹었다.)

母に遊んでいるところを見られた。

(엄마에게 놀고 있는 것을 들켰다.)

山田さんは会社の人から批判されていた。

(야마다씨는 회사 사람들에게 비판받고 있었다.)

忙しい時、友だちに遊びに来られた。

(바쁠 때 친구가 놀러 왔다.)

■ 수동의 조동사 「れる · られる」의 활용 - 하일단 동사형 활용

	미연형	연용형	종지형	연체형	가정형	명령형
れる	れ	れ	れる	れる	れれ	れろ れよ
られる	られ	られ	られる	られる	られれ	られろ られよ
주요 용법	ない에 연결	た, て, ます 등에 연결	종지	とき(체언) 에 연결	ば에 연결	명령

「れる · られる」는 형용사, 형용동사에는 접속되지 않는다.

4 가능, 자발, 존경의 조동사

또한, 「れる · られる」는 동사의 미연형에 붙어, 가능, 자발, 존경의 의미를 나타낸다. 이 경우도 「れる」는 오단동사에, 「られる」는 일단동사에 붙는다. 변격동사는 각각 「来られる」「される」이다.

4.1 가능의 조동사 「れる · られる」

「れる · られる」는 다음과 같이 동사의 미연형에 붙어, 그 동작을 할 수 있다는 가능의 의미를 나타낸다. 이때의 「れる · られる」를 가능의 조동사라고 한다. 단, 현대일본어에서는 오단동사에 「れる」를 붙여 가능의 의미로 쓰이는 경우는 거의

없고, 오단동사의 「う」단을 「え」단으로 바꾼 후에 「る」를 붙인 가능동사가 쓰이고 있다.

■예■ そんなやさしい漢字はすぐ覚えられる。

(그런 쉬운 한자는 곧 외울 수 있다.)

明日、来られれば来てください。

(내일 올 수 있으면 와 주세요.)

4.2 자발의 조동사 「れる・られる」

「れる・られる」는 그 동작이 자연적으로 일어났다는 의미를 나타낸다. 이때의 「れる・られる」를 자발의 조동사라고 한다. 이 경우에도 「れる・られる」는 동사의 미연형에 접속된다. 그러나 자발의 의미를 나타내는 「れる・られる」는 모든 동사에 붙지 않고, 「思う」(생각하다) 「思い出す」(생각해 내다) 「偲ぶ」(그리워하다) 「感じる」(느끼다) 「案じる」(걱정하다, 생각해 내다) 등 심정을 나타내는 동사에 한정되어 붙는다.

■예■ 彼女のことが思われてしかたがない。

(그녀가 생각나서 어쩔 수 없다.)

国のことが偲ばれて寂しい。

(고향이 그리워서 외롭다.)

4.3 존경의 조동사 「れる・られる」

이 외에도 「れる・られる」에는 그 동작을 행하는 사람을 존경하는 의미를 나타내는 의미도 있다. 이런 경우의 「れる・られる」를 존경의 조동사라고 한다. 이 때 「れる・られる」는 동사의 미연형에 접속된다.

예 山田さんも<u>行かれる</u>そうです。

(야마다씨도 가신다고 합니다.)

今、<u>話されている</u>方が田中先生です。

(지금 말씀하시고 계신 분이 다나카 선생님입니다.)

■ 가능, 자발, 가능의 조동사「れる・られる」의 활용 −하일단 동사형 활용

	미연형	연용형	종지형	연체형	가정형	명령형
れる	れ	れ	れる	れる	れれ	(れよ)
られる	られ	られ	られる	られる	られれ	(られよ)
주요 용법	ない에 연결	た, て, ます에 연결	종지	とき(체언)에 연결	ば에 연결	명령

　가능, 자발의 조동사는 명령형이 없지만, 존경의 조동사로서의「れる・られる」는 명령형이 존재한다. 하지만, 용례는 그리 많지 않다.

5 사역의 조동사「せる・させる」

　「せる」「させる」는 다음 예와 같이 동사의 미연형에 붙어, 동작이나 작용을 다른 사람에게 시키는 의미를 나타낸다. 이런 경우의「せる・させる」를 사역의 조동사라고 한다. 이 경우「せる」는 오단동사에,「させる」는 일단동사에 붙는다. 변격동사「来る」(오다)「する」(하다)의 사역형은 각각「来させる」「させる」이다.

예 妹に本を<u>読ませる</u>。

(여동생에게 책을 읽게 한다.)

子供に絵本を<u>見させる</u>。

(아이에게 그림책을 보게 한다.)

子供に野菜をたくさん食べさせる。

(아이에게 야채를 많이 먹게 한다.)

弟に部屋の掃除をさせる。

(남동생에게 방 청소를 시킨다.)

田中さんを3時まで来させる。

(다나카씨를 3시까지 오게 한다.)

■ 사역의 조동사「せる・させる」의 활용 – 하일단 동사형 활용

	미연형	연용형	종지형	연체형	가정형	명령형
せる	せ	せ	せる	せる	せれ	せろ せよ
させる	させ	させ	させる	させる	させれ	させろ させよ
주요 용법	ない에 연결	た, て, ます에 연결	종지	とき(체언)에 연결	ば에 연결	명령

6 부정의 조동사「ない」「ぬ」

「ない」「ぬ」는 다음과 같이 동사의 미연형에 붙어 부정의 의미를 나타낸다. 이 때의「ない」「ぬ」를 부정의 조동사라고 한다.

■예■ 鈴木さんは彼が引っ越したことは知らないだろう。

(스즈키씨는 그가 이사한 것을 모를 것이다.)

母は朝御飯を食べなかった。

(엄마는 아침밥을 먹지 않았다.)

子供が野菜を食べなくて心配です。

(아이가 야채를 먹지 않아서 걱정입니다.)

黒板の字が見えない(ぬ)。

(칠판의 글씨가 보이지 않는다.)

明日は休日だから会社に来ない(ぬ)。

(내일은 휴일이기 때문에 회사에 오지 않는다.)

彼はいつまでも来ない(ぬ)彼女を待っていた。

(그는 언제까지나 오지 않는 그녀를 기다리고 있었다.)

■ 부정의 조동사 「ない」「ぬ」의 활용 – 「ない」형용사형, 「ぬ」특수형 활용

	미연형	연용형	종지형	연체형	가정형	명령형
ない	なかろ	なかっ なく	ない	ない	なけれ	×
ぬ (ん)	×	ず	ぬ (ん)	ぬ (ん)	ね	×
주요 용법	う에 연결	た, て에 연결	종지	とき(체언) 에 연결	ば에 연결	

7 과거, 완료의 조동사 「た」

「た」는 동사의 연용형에 붙어, 과거나 완료의 의미를 나타낸다. 이러한 조동사를 과거, 완료의 조동사라고 한다. 이 과거, 완료의 조동사에 대해서는 제3부 제2장 텐스, 아스펙트에서 자세히 다루기로 한다.

■예■ 昨日、論文を書いた。

(어제 논문을 썼다.)

今朝、パンを食べた。

(오늘 아침 빵을 먹었다.)

昨日、道ばたで田中さんを見た。

(어제 길에서 다나카씨를 보았다.)

今日、部屋の掃除をした。

(오늘 방청소를 했다.)

先、山田さんが来たよ。

(좀 전에 야마다씨가 왔어요.)

■ 과거, 완료의 조동사 「た」의 활용 – 특수형 활용

	미연형	연용형	종지형	연체형	가정형	명령형
た	たろ (だろ)	×	た (だ)	た (だ)	たら (だら)	×
주요 용법	う에 연결		종지	とき(체언)에 연결	ば에 연결	

8 추량, 의지, 권유의 조동사 「う・よう」「らしい」「まい」

「う・よう」(추량, 의지, 권유)는 동사의 미연형, 「らしい」(추정)는 동사의 종지형, 「まい」(부정추량, 부정의지)는 동사의 종지형(오단동사) 혹은 미연형(오단동사 이외, 종지형에 붙기도 함)에 붙어서, 추량, 의지, 권유의 의미를 나타낸다. 이때의 「う・よう」「らしい」「まい」를 추량, 의지, 권유의 조동사라고 한다. 이들 조동사에 대해서는 제3부 제3장 모달리티 부분에서 자세히 다루기로 한다.

■예■　彼<small>かれ</small>はきっと来<small>こ</small>よう。

　　　　　（그는 틀림없이 올 것이다.）

　　　　　友<small>とも</small>だちにあげよう。

　　　　　（문말↓-친구에게 줘야지.）　　＜의지＞

　　　　　（문말↑-친구에게 주자.）　　　＜권유＞

　　　　　佐藤<small>さとう</small>さんは引<small>ひ</small>っ越<small>こ</small>したらしい。

　　　　　（사토씨는 이사한 것 같다.）

　　　　　彼女<small>かのじょ</small>とは二度<small>にど</small>と会<small>あ</small>うまい。

　　　　　（그녀와는 두 번 다시 만나지 않을 것이다.）

■ 추량, 의지, 권유의 조동사 「う·よう」「らしい」「まい」의 활용
　－「らしい」형용사형 활용, 그 외는 무활용

	미연형	연용형	종지형	연체형	가정형	명령형
う	×	×	う	(う)	×	×
よう	×	×	よう	(よう)	×	×
らしい	×	らしかっ らしく	らしい	らしい	×	×
まい	×	×	まい	まい	×	×
주요 용법		た, て에 연결	종지	とき(체언) 에 연결	ば에 연결	

　9　희망의 조동사 「たい」「たがる」

　「たい」「たがる」는 동사의 연용형에 붙어 희망의 의미를 나타낸다. 이러한 조동사를 희망의 조동사라고 한다. 「たい」는 1인칭이나 2인칭 주어에 접속하며, 「たがる」는 3인칭 주어에 접속된다.

・1인칭 주어

▓예▓ 私も東京へ行きたかった。

(나도 도쿄에 가고 싶었다.)

家族に会いたくてしょうがない。

(가족을 만나고 싶어서 견딜 수가 없다.)

海が見たい。

(바다가 보고 싶다.)

・2인칭 주어

▓예▓ あなたは絵が好きだから、見たいだろう。

(당신은 그림을 좋아하기 때문에, 보고 싶을 것이다.)

お酒が飲みたいときは、誘ってください。

(술 마시고 싶을 때는, 불러 주세요.)

あなたも行きたければ、行ってもいいよ。

(당신도 가고 싶으면, 가도 좋아요.)

・3인칭 주어

▓예▓ 彼女もアメリカに行きたがっています。

(그녀도 미국에 가고 싶어 합니다.)

山田さんがあなたに会いたがっています。

(야마다씨가 당신을 만나고 싶어 합니다.)

■ 희망의 조동사 「たい」의 활용 – 형용사형 활용

	미연형	연용형	종지형	연체형	가정형	명령형
たい	たかろ	たかっ たく	たい	たい	たけれ	×
주요 용법	う에 연결	た, て에 연결	종지	とき(체언) 에 연결	ば에 연결	

■ 희망의 조동사 「たがる」의 활용 – 오단동사형 활용

	미연형	연용형	종지형	연체형	가정형	명령형
たがる	たがら たがろ	たがっ たがり	たがる	たがる	たがれ	×
주요 용법	ない, う에 연결	た, て, ます에 연결	종지	とき(체언) 에 연결	ば에 연결	

10 공손의 조동사 「ます」

「ます」는 동사의 연용형에 붙어, 상대에게 공손히 말하기 위해 사용하는 조동사이다. 이러한 조동사를 공손의 조동사라고 한다.

■예■ 私は行きません。

(저는 가지 않겠습니다.)

飲みに行きましょう。

(마시러 갑시다.)

昨日、大掃除をしました。

(어제 대청소를 했습니다.)

母も演奏会に来ます。

(어머니도 연주회에 옵니다.)

私も行きますので、あなたも来てください。

(저도 갈 테니까 당신도 와 주세요.)

そこに届けますれば、いいのですか。

(거기에 배달해 주면 됩니까?)

いらっしゃいませ。

(어서 오세요.)

■ 공손의 조동사「ます」의 활용 – 특수형 활용

	미연형	연용형	종지형	연체형	가정형	명령형
ます	ましょ ませ	まし	ます	ます	ますれ	ませ まし
주요 용법	う, ん(ぬ) 에 연결	た, て에 연결	종지	とき(체언) 에 연결	ば에 연결	명령

11 단정의 조동사「だ」「です」

「だ」「です」(정중형)는 체언이나 그 외의 말(부사, 조사 등)에 붙어, 그것이 붙은 말을 단정하는 의미를 나타내는 조동사이다. 이러한 조동사를 단정의 조동사라고 한다.

■예■ それは草だろう(でしょう)。

(그것은 풀일 것이다(것입니다).)

昨日は休みだった(でした)。

(어제는 휴일이었다(이었습니다).)

あの人は高橋さんだ(です)。

(저 사람은 다카하시씨이다(입니다).)

あなたならば、できます。

(당신이라면 할 수 있습니다.)

■ 단정의 조동사 「だ」「です」의 활용

－「だ」형용동사형 활용, 「です」특수형 활용

	미연형	연용형	종지형	연체형	가정형	명령형
だ	だろ	だっ で	だ	な	なら	×
です	でしょ	でし	です	(です)	×	×
주요 용법	う에 연결	た, て에 연결	종지	とき(체언) 에 연결	ば에 연결	

12 비유의 조동사 「ようだ」「みたいだ」

「ようだ(ようです)」와 「みたいだ(みたいです)」는 동사의 연체형에 붙어 다른 것에 비유하여 말하는 경우에 쓰이는 조동사이다. 이러한 조동사를 비유의 조동사 라고 한다.

예 まるで夢のようだろう(ようでしょう)。

(마치 꿈과 같을 것이다(것입니다).)

川が流れるようだった(ようでした)。

(강이 흐르는 것 같았다(같았습니다).)

まるで実際見ているようだ(ようです)。

(마치 실제 보고 있는 것 같다(같습니다).)

子供のようなまねはもうしないでください。

(아이와 같은 짓은 더 이상 하지 말아 주세요.)

行けるようなら、行ってください。

(갈 수 있을 것 같으면, 가세요.)

田中さんは子供みたいでしょう(↑)。

(다나카씨는 아이 같죠?)

あの彫刻は本当に生きているみたいで、こわい。

(저 조각은 정말 살아 있는 것 같아 무섭다.)

あの海はまるで空みたいだ。

(저 바다는 마치 하늘같다.)

ばかみたいなこと、言うな。

(바보 같은 말 하지 마.)

私が母みたいなら、頼っていいですよ。

(내가 엄마 같다면 의지해도 좋아요.)

■ 비유의 조동사 「ようだ(ようです)」「みたいだ(みたいです)」의 활용
   − 「ようだ」「みたいだ」는 형용동사형 활용, 「ようです」「みたいです」는
     특수형 활용

	미연형	연용형	종지형	연체형	가정형	명령형
ようだ	ようだろ	ようだっ ようで ように	ようだ	ような	ようなら	×
みたいだ	みたいだろ	みたいだっ みたいで みたいに	みたいだ	みたいな	(みたいなら)	×
ようです みたいです	ようでしょ みたいでしょ	ようでし みたいでし	ようです みたいです	(ようです) (みたいです)	×	×
주요 용법	う에 연결	た에 연결	종지	とき(체언)에 연결	ば에 연결	

13　전문의 조동사 「そうだ」

　「そうだ(そうです)」는 동사의 종지형, 형용사·형용동사의 종지형, 명사+「だ」 등에 접속하여 다른 사람으로부터 들은 사항을 전달하는 표현이다. 이러한 조동사를 전문의 조동사라고 한다.

　　■예■　彼は毎朝パンを食べるそうだ(そうです)。

　　　　　(그는 매일 아침 빵을 먹는다고 한다(합니다).)

　　　　　元気だそうである。

　　　　　(건강하다고 한다.)

　　　　　明日、大掃除をするそうだ(そうです)。

　　　　　(내일 대청소를 한다고 한다(합니다).)

■ 전문의 조동사 「そうだ(そうです)」의 활용 − 특수형활용

	미연형	연용형	종지형	연체형	가정형	명령형
そうだ	×	そうで	そうだ	×	×	×
そうです	×	そうでし	そうです	×	×	×
주요 용법		た에 연결	종지			

14　양태의 조동사 「そうだ」

　「そうだ(そうです)」는 동사의 연용형, 형용사·형용동사 어간에 접속하여, 모습이나 상태에 대해 추정하는 의미를 나타낸다. 이러한 조동사를 양태의 조동사라고 한다.

▓예▓ 彼も来そうだった(そうでした)。

(그도 올 것 같았다(같았습니다).)

会議はすぐ終わりそうだ(そうです)。

(회의는 곧 끝날 것 같다(같았습니다).)

田中さんはいまにも倒れそうな顔をしています。

(다나카씨는 지금에라도 쓰러질 것 같은 얼굴을 하고 있습니다.)

行けそうなら、前もって連絡ください。

(갈 수 있을 것 같으면, 미리 연락해 주세요)

■ 양태의 조동사 「そうだ(そうです)」의 활용
－「そうだ」형용동사형 활용, 「そうです」는 특수형 활용

	미연형	연용형	종지형	연체형	가정형	명령형
そうだ	そうだろ	そうだっ そうで そうに	そうだ	そうな	そうなら	×
そうです	そうでしょ	そうでし	そうです	(そうです)	×	×
주요 용법	う에 연결	た에 연결	종지	とき(체언)에 연결	ば에 연결	

「ない」나「よい」가 양태의 조동사「そうだ」에 연결될 때는「なさそうだ」「よさそうだ」와 같이「さ」를 붙인 형태로 접속된다.

1. 다음 괄호 안의 동사, 조동사를 적당히 활용시켜 써 넣으시오.

① 弟に本を(読む)(せる)た。

(남동생에게 책을 읽게 했다.)

② 彼とはいっしょに旅行に(行く)(たい)ない。

(그와는 같이 여행 가고 싶지 않다.)

③ 雨が(降る)(そうだ)ときは、傘を持っていってください。

(비가 내릴 것 같을 때는 우산을 가지고 가세요.)

④ 鈴木先生は彼のことは(知る)(ない)う。

(스즈키 선생님은 그를 모를 것이다.)

⑤ そんな食べ物は二度と(食べる)まい。

(그런 음식은 두 번 다시 먹지 않을 것이다.)

2. 다음 조동사의 활용의 종류를 보기에서 고르시오.

① まるで雲の上にいるようだった。

(마치 구름 위에 있는 것 같았다.)

② 納豆は独特なにおいがするので、食べたくなかろう。

(낫또는 독특한 냄새가 나기 때문에, 먹고 싶지 않을 것이다.)

③ 妹にお菓子を食べられて、悔しい。

(여동생이 과자를 먹어서, 분하다.)

④ 彼とはもう会うまいと思った。

(그와는 두 번 다시 만나지 않을 것이라고 생각했다.)

⑤ 彼も行きたそうでした。

(그도 가고 싶은 것 같았습니다.)

동사형 활용	형용사형 활용	형용동사형 활용	특수형 활용	무활용

3. 다음 조동사의 의미를 보기에서 고르시오.

① 彼のことが思われてしょうがない。

② 木村先生が食堂で食事をされている。

③ 私は梅干しが食べられます。

④ となりの人に<u>騒</u>がれて、夜<u>寝られ</u>なかった。

⑤ この着物はまだ<u>着られる</u>。

수동	존경	자발	가능

4. 다음 조동사의 활용형 명칭을 쓰시오.

① いらっしゃい<u>ませ</u>。
   (어서 오세요)

② 田中先生に連絡する<u>そうだ</u>。
   (다나카 선생님에게 연락한다고 한다.)

③ 彼はコンビニで働いている<u>らしかった</u>。
   (그는 편의점에서 일하고 있는 것 같았다.)

④ 私は吉田先生の書い<u>た</u>本を読みました。
   (나는 요시다 선생님이 쓴 책을 읽었습니다.)

⑤ 彼はたぶん行か<u>なかろう</u>。
   (그는 아마 가지 않을 것이다.)

제11장 조사

1 조사의 특성

주로 자립어에 붙어 문절을 만들어, 그 자립어와 다음에 오는 말과의 관계를 나타낸다. 동시에 이 자립어에 일정한 의미를 첨가해 주는 역할을 하기도 하며, 활용이 없다.

2 조사의 종류

학교문법에서의 조사를 접속과 기능에 따라 분류하면 다음과 같다.

2.1 격조사

명사에 붙어, 다른 말과 문절과의 관계를 나타낸다.

> ▌예▌ 「が」「の」「を」「に」「へ」「と」「から」「より」「で」「や」 등

2.2 접속조사

문과 절에 붙어, 다른 말과 문절과의 관계를 나타낸다.

> ▌예▌ 「ば」「と」「ても」「も」「けれど」「が」「のに」「ので」「から」
> 「し」「て」「ながら」「たり」 등

2.3 부조사

주로 명사(문과 문절에도 접속)에 붙어, 화자의 태도를 나타낸다.

> ▓예▓ 「は」「も」「こそ」「さえ」「でも」「しか」「なり」「まで」「ばかり」
> 「だけ」「きり」「ほど」「くらい」「など」「やら」「だの」「か」 등

2.4 종조사

문과 문절에 붙어, 화자의 태도를 나타낸다.

> ▓예▓ 「か」「な」(금지)「な」(감동)「ぞ」「よ」「とも」「さ」「ね」「の」
> 「わ」「や」 등

3 격조사

격조사는 주로 체언이나 체언에 준하는 단어에 붙어 문절을 만들며, 그 문절이 뒤에 오는 문절에 대해 어떠한 관계를 나타내는가를 나타내는 조사이다.

3.1 「が」

① 주어를 만든다.
> ▓예▓ 花が咲く。
> (꽃이 핀다.)

② 술어의 대상어를 나타낸다.
> ▓예▓ これがほしい。
> (이것을 갖고 싶다.)

3.2 「の」

① 연체수식어를 만든다.

▌예▌ 来年の春、入学です。
らいねん はる にゅうがく

(내년 봄에 입학합니다.)

② 주어로 쓰인다.

▌예▌ 僕の持っている本は、田中先生が書かれたものです。
ぼく も ほん たなか せんせい か

(내가 가지고 있는 책은 다나카 선생님이 쓰신 것입니다.)

③ 병립을 나타낸다.

▌예▌ 行くの行かないのと悩んでいる。
い い なや

(갈지 안 갈지 고민하고 있다.)

④ 체언화(준체조사)하여 쓰인다.

▌예▌ 読むのが遅い。
よ おそ

(읽는 것이 늦다)

3.3 「を」

① 동작・작용의 대상을 나타낸다.

▌예▌ 本を読む。
ほん よ

(책을 읽는다.)

② 동작의 장소를 나타낸다.

■예■　廊下を走る。

（복도를 달린다.）

③ 동작·작용의 기점(출발점)을 나타낸다.

■예■　図書館を出る。

（도서관을 나간다.）

[3.4] 「に」

① 장소·시간·귀착점을 나타낸다.

■예■　机に置く。

（책상에 놓는다.）

7時に行ける。

（7시에 갈 수 있다.）

駅に着く。

（역에 도착한다.）

② 변화의 결과를 나타낸다.

■예■　信号が赤になる。

（신호가 빨간 색이 되다.）

③ 동작의 목적을 나타낸다.

■예■　買い物に行く。

（쇼핑하러 가다.）

④ 수동·사역의 동작주를 나타낸다.

▌예▌ 親に叱られる。

（부모에게 꾸중 듣다.）

子供に勉強させる。

（아이에게 공부시킨다.）

⑤ 강조를 나타낸다.

▌예▌ 走りに走る。

（달리고 달린다.）

⑥ 병립을 나타낸다.

▌예▌ 国語に数学に英語の試験がある。

（국어에, 수학에, 영어 시험이 있다.）

3.5 「へ」

① 동작의 방향을 나타낸다.

▌예▌ 南へ飛ぶ。

（남쪽으로 날다.）

② 동작의 귀착점을 나타낸다.

▌예▌ 学校へ着く。

（학교에 도착하다.）

3.6 「と」

① 공동의 상대를 나타낸다.
　▌예▌ 母と買い物に出かける。
　　　（엄마와 쇼핑하러 외출하다.）

② 동작이나 작용의 결과를 나타낸다.
　▌예▌ 努力が泡と消える。
　　　（노력이 거품으로 사라지다.）

③ 인용을 나타낸다.
　▌예▌ 来ると言った。
　　　（온다고 했다.）
　　　行くと思う。
　　　（간다고 생각한다.）

④ 병립을 나타낸다.
　▌예▌ 本とノートをもらう。
　　　（책과 노트를 받다.）

3.7 「から」

① 동작·작용의 기점(基点)을 나타낸다.
　▌예▌ 兄から本をもらう。
　　　（형에게 책을 받다.）

見てから寝る。

(보고나서 잔다.)

② 동작・작용의 원인・이유를 나타낸다.

　예 火の不始末から火事になる。

　　(불을 잘못 처리하여 화재가 일어난다.)

③ 재료를 나타낸다.

　예 ワインはぶどうから作る。

　　(와인은 포도로 만든다.)

3.8 「より」

① 비교의 기준을 나타낸다.

　예 田中さんより背が高い。

　　(다나카씨보다 키가 크다.)

② 한정(비교를 동반)을 나타낸다.

　예 練習するよりほかはない。

　　(연습할 수 밖에는 없다.)

3.9 「で」

① 장소를 나타낸다.

　예 運動場で遊ぶ。

　　(운동장에서 놀다.)

② 수단·재료를 나타낸다.

▋예▋ 電車で行く。

(전차로 간다.)

紙で人形を作る。

(종이로 인형을 만든다.)

③ 원인·이유를 나타낸다.

▋예▋ 風邪で学校を休む。

(감기 때문에 학교를 쉰다.)

④ 시한(時限)을 나타낸다.

▋예▋ 60才で退職する。

(60살에 퇴직한다.)

3.10 「や」

병립을 나타낸다.

▋예▋ 電車やバスが多く通る。

(전철과 버스가 많이 다닌다.)

▶ 틀리기 쉬운 격조사의 용법

① 「を/から」

· 이탈하는 대상을 나타낸다.

　▐예▌　その船は二日前、神戸港{を/から}出発した。

　　　　(그 배는 이틀 전 고베 항을 출발했다.)

· 물리적으로 이탈하는 경우가 아닌 경우 「を」, 물리적으로 이탈하는 경우 「から」를 사용한다.

　▐예▌　大学{を○/から×}出る。

　　　　(대학을 졸업하다.)

　　　　大学{を×/から○}出る。

　　　　(대학으로부터 나오다.)

여기서 「を」는 대학을 졸업하는 경우, 「から」는 학교라는 장소를 나가는 경우이다.

· 무생물 주어인 경우 「から」를 사용한다.

　▐예▌　煙が窓{から○/を×}出ています。

　　　　(연기가 창문에서 나오고 있습니다.)

② 「に/で」

　일본어에서는 존재 장소와 동작 장소가 구별된다.

　▐예▌　田中さんはあの部屋{に○/で×}います。 → 존재장소 「に」

　　　　(다나카씨는 저 방에 있습니다.)

田中さんはあの部屋{で○/に×}仕事をしています。

→ 동작장소「で」

(다나카씨는 저 방에서 일을 하고 있습니다.)

③「に/へ」

· 이동의 도착점이나 방향을 나타낼 때, 「に」와 「へ」는 바꿔 쓸 수 있다.

▊예▊ 友だちに呼び出されて駅{に/へ}行きました。

(친구가 불러서 역에 갔습니다.)

· 물건과 물건이 밀접하게 붙는 경우나, 「お風呂に入る(목욕하다)」「バスに乗る(버스를 타다)」와 같이 관용으로 정해져 있는 경우는 바꿔 쓸 수 없다.

▊예▊ 壁{に○/へ?}子供の描いてくれた絵を貼りました。

(벽에 아이가 그려준 그림을 붙였습니다.)

お風呂{に○/へ×}入っているとき、電話が鳴りました。

(목욕할 때, 전화가 울렸습니다.)

バス{に○/へ×}乗って駅まで行きました。

(버스를 타고 역까지 갔습니다.)

④「に/と」

동작의 상대는 「と」나 「に」로 나타낼 수가 있는데, 이 경우, 「に」는 일방적인 동작을, 「と」는 상호적인 동작을 나타낸다.

▊예▊ 昨日駅で田中君{に/と}会いました。

(어제 역에서 다나카군{을/과} 만났습니다.)

来年の留学のことを父{に/と}話しました。

(내년 유학에 관한 것을 아버지{에게 말했습니다/와 이야기 했습니다.})

4 접속조사

접속조사는 주로 용언에 붙어 전후의 문 또는 문절을 접속시켜 그 관계를 나타
낸다.

4.1 「ながら」

① 동시 동작을 나타낸다.

　■예■　お茶を飲みながら、新聞を読む。

　　　　（차를 마시면서, 신문을 읽는다.）

② 확정의 역접을 나타낸다.

　■예■　その場にいながら、手伝わなかった。

　　　　（그 장소에 있으면서, 돕지 않았다.）

4.2 「ば」

① 가정의 순접을 나타낸다.

　■예■　呼べば、答える。

　　　　（부르면, 대답한다.）

② 확정의 순접을 나타낸다.

　■예■　散歩に行けば、必ず本を買ってきた。

　　　　（산책 가면, 반드시 책을 사 왔다.）

③ 병립을 나타낸다.

【예】 学生もいれば、社会人もいる。

(학생도 있는가 하면, 사회인도 있다.)

4.3 「と」

① 가정의 순접을 나타낸다.

【예】 彼に頼むと、手伝ってくれるよ。

(그에게 부탁하면, 도와 줄 거야)

② 확정의 순접을 나타낸다.

【예】 橋を渡ると、大きな家が見える。

(다리를 건너면, 큰 집이 보인다.)

春になると、花が咲く。

(봄이 되면, 꽃이 핀다.)

③ 가정의 역접을 나타낸다.

【예】 何を言われようとくじけない。

(무슨 말을 듣든, 꺾이지 않는다.)

4.4 「ても」

① 가정의 역접을 나타낸다.

【예】 今、電話をかけても、いないだろう。

(지금 전화를 걸어도, 없을 것이다.)

② 확정의 역접을 나타낸다.

▌예▌ 電話をかけ<u>ても</u>、誰も出なかった。

(전화를 걸어도, 아무도 받지 않았다.)

4.5 「が」「けれど」(「けれども」)

① 확정의 역접을 나타낸다.

▌예▌ 雨が降った(<u>が/けれど</u>)、濡れなかった。

(비가 내렸지만, 젖지 않았다.)

② 단순한 접속을 나타낸다.

▌예▌ すまない(<u>が/けれど</u>)、これを貸してくれ。

(미안한데, 이거 빌려 줄래?)

③ 병립·대비를 나타낸다.

▌예▌ 夏は暑い(<u>が/けれど</u>)、冬は寒い。

(여름은 덥지만, 겨울은 춥다.)

4.6 「のに」

확정의 역접을 나타낸다.

▌예▌ お金を入れた<u>のに</u>、切符が出てこない。

(돈을 넣었는데, 표가 나오지 않는다.)

4.7 「ものの」

확정의 역접을 나타낸다.

■예■ 本を買った<u>ものの</u>、一回も読まない。

(책을 샀지만, 한 번도 읽지 않는다.)

4.8 「ところで」

가정의 역접을 나타낸다.

■예■ 本を買った<u>ところで</u>、読まないだろう。

(책을 사 봤자, 읽지 않을 것이다.)

4.9 「ので」

확정의 순접(원인・이유)을 나타낸다.

■예■ 暑い<u>ので</u>、窓を開けた。

(더워서, 창문을 열었다.)

4.10 「から」

확정의 순접(원인・이유)을 나타낸다.

■예■ お中がすいた<u>から</u>、ご飯を作ろう。

(배가 고프니까, 밥을 지어야지.)

4.11 「し」

병립을 나타낸다.

■예■ 彼はピアノも弾ける<u>し</u>、作曲もできる。

(그는 피아노도 칠 수 있고, 작곡도 할 수 있다.)

4.12 「たり」

병립을 나타낸다.

> ▊예▊ 本を読んだり音楽を聞いたりする。
>
> (책을 읽거나 음악을 듣거나 하다.)

4.13 「て」

① 확정의 순접(원인・이유)을 나타낸다.

> ▊예▊ かぜを引いて、学校を休んだ。
>
> (감기에 걸려서, 학교를 쉬었다.)

② 단순한 접속을 나타낸다.

> ▊예▊ 朝、ご飯を食べて、歯を磨く。
>
> (아침에 밥을 먹고, 이를 닦는다.)

③ 병립을 나타낸다.

> ▊예▊ この家は広くて、あの家は狭い。
>
> (이 집은 넓고, 저 집은 좁다.)

④ 보조용언이 동반되어 쓰인다.

> ▊예▊ 食べている。
>
> (먹고 있다.)
>
> 置いておく。
>
> (놓아 두다.)

◉ 순접이란 앞 사항과 뒤 사항의 관계가 당연한 원인, 결과가 되는 접속 방법이고, 역접이란 순접에 대응되는 것으로, 앞 사항과 뒤 사항의 관계가 순접이 아닌, 즉, 앞 사항과 뒤 사항의 관계가 당연한 원인, 결과가 되지 않는 경우의 접속 방법이다. 또한, 단순한 접속이란 앞 사항과 뒤 사항을 열거하는 경우와 접속하는 경우가 있다.

▶ 틀리기 쉬운 접속조사(조건표현)

1. 「と」
　① 「と」의 기본적인 용법은 반복적·항상적으로 성립하는 의존관계(전건이 일어나면, 후건이 일어난다는 의존관계)를 나타내는 것이다.

・자연현상
　　예　3月の後半になると、桜の花が咲き始めます。
　　　　(3월 후반이 되면, 벚꽃이 피기 시작합니다.)

・습관
　　예　毎朝起きると、紅茶を一杯飲みます。
　　　　(매일 아침 일어나면, 홍차를 한 잔 마십니다.)

・기계의 조작과 결과
　　예　お金を入れてボタンを押すと、切符が出てきます。
　　　　(돈을 넣고 버튼을 누르면, 표가 나옵니다.)

「ば」가 쓰이는 경우도 있는데, 이 경우는 표를 사는 법을 나타내는 경우이고, 「と」는 판매기의 사용법을 설명하는 경우이다.

---

② 「と」는 반복적·항상적인 의존관계를 나타내는 것이 보통이므로, 후건에 의지나 희망·명령·의뢰 등의 표현이 오지 않는다.

▐예▐　× 桜の花が咲くと、花見に行くつもりだ。

(벚꽃이 피면, 꽃구경하러 갈 생각이다.)

× 食事ができると、呼んでください。

(식사가 다 되면, 불러 주세요.)

③ 「と」는 전건·후건이 모두 일어난 사항(사실적 조건)을 나타낼 수가 있다.

▐예▐　窓を開けると、冷たい風が入ってきた。

(창문을 열자, 차가운 바람이 들어 왔다.)

④ 전건을 한 결과, 후건을 발견한 경우에 사용된다.

▐예▐　デパートに行くと、チョコレートが山積みになっていた。

(백화점에 가니, 초콜릿이 산더미처럼 쌓여 있었다.)

角を曲がると、すぐ彼のマンションが見えた。

(모퉁이를 돌자, 곧 그의 맨션이 보였다.)

「と」는 가정성이 약하고, 주로 전, 후건사이의 계기(継起)관계를 나타내는 표현이다.

2. 「ば」

① 「ば」의 기본적인 용법도 항상적인 의존관계를 나타낸다. 속담 등으로 대표되는 일반적 법칙에 자주 사용된다.

▐예▐　品がよくて安ければ、よく売れます。

(물건이 좋고 싸면, 잘 팔립니다.)

ちりも積もれば、山となる。

(먼지도 쌓이면, 산이 된다(티끌모아 태산).)

② 「と」와 비슷한 면도 있지만, 「ば」는 「と」와 달리 가정조건에 자주 사용된다.

　▇예▇　試験に{合格すれば○ /合格すると×}、大学院生になれます。

　　　　(시험에 합격하면, 대학원생이 될 수 있습니다.)

　　　　明日も雨が{降れば○ /降ると×}、どうしましょうか。

　　　　(내일 비가 내리면 어떻게 할까요?)

③ 「ば」가 사용된 문도 「と」와 같이 후건에 의지나 희망・명령・의뢰 등의 표현이
　오지 않는다.

　▇예▇　{帰宅すれば× /帰宅したら○}、必ず、うがいをしなさい。

　　　　(집에 돌아오면, 반드시 양치질을 하세요.)

단, 후건의 술어가 상태성을 띠는 경우나, 전건과 후건의 주체가 다른 경우는 예외이다.

　▇예▇　分からないことがあれば、いつでも聞いてください。

　　　　(모르는 게 있으면, 언제라도 물으세요)

　　　　父が許してくれれば、彼と結婚するつもりです。

　　　　(아버지가 허락해 주면, (저는) 그와 결혼할 생각입니다.)

④ 「ば」는 「と」와 달리 전건, 후건이 이미 일어난 사실적 조건을 나타낼 수는 없다.

　▇예▇　注射を{打ってもらえば× /打ってもらうと○}、すぐ治りました。

　　　　(주사를 맞으니, 곧 나았습니다.)

⑤ 현실과 다른 사항을 가정하는 조건(반사실적 조건)은 보통 「ば」가 사용된다.

　▇예▇　あと、千円あれば、このコートが買えたのに。

　　　　(천 엔만 더 있었더라면, 이 코트를 살 수 있었을 텐데.)

3. 「たら」

① 「たら」는 특정적, 일회적인 의존관계를 나타내는 것이 전형적인 용법이다. 전건이 성립할지 어떨지 모르는 가정조건의 경우, 또는 전건이 성립하는 것을 알고 있는 확정조건의 경우에 사용된다.

▓예▓ 雨が降ったら、キャンプは中止です。　　＜가정조건＞

(비가 내리면, 캠프는 중지입니다.)

午後になったら、散歩に行きましょう。　　＜확정조건＞

(오후가 되면, 산책하러 갑시다.)

이 경우, 가정조건인 경우만 「ば」로 바꿔 쓸 수 있다.

② 「たら」는 후건에 의지 · 희망 · 명령 · 의뢰 등이 오는 문이라도 사용할 수 있다.

▓예▓ 山本さんに会ったら、よろしく伝えてください。

(야마모토씨를 만나면, 안부 전해 주세요.)

③ 「たら」는 전건도 후건도 이미 일어난 사실적 조건을 나타낼 수가 있다.

▓예▓ 窓を開けたら、冷たい風が入ってきた。

(창을 열자, 차가운 바람이 들어왔다.)

4. 「なら」

① 「なら」는 다른 세 가지 형식과 성격이 다르다. 「なら」의 가장 전형적인 용법은 상대의 발언을 받는 용법이다. 이 경우, 상대의 발언에 의해 안 것이 전건이 되고, 그것에 따른 결과가 후건에 이어진다.

▓예▓ Ａ：携帯電話を持っています。

(휴대전화를 가지고 있습니다.)

B : 携帯電話があるなら、いつでも連絡できますね。

(휴대전화가 있다면, 언제나 연락할 수 있겠네요.)

A : スーパーに行ってくるよ。

(슈퍼에 다녀올게.)

B : スーパーに行くなら、しょうゆを買ってきて。

(슈퍼에 갈 거라면, 간장 좀 사 와.)

② 전건, 후건의 전후관계는「なら」이외의「と・ば・たら」는 전건, 후건의 순이다. 이것은「と・ば・たら」가 전건과 후건의 의존관계를 나타내는 데 비해,「なら」는 어떠한 사항에 대해 가정한 결과를 후건에 기술하기 때문이다.

■예■ 旅行に行くのなら、カメラを持っていくといいですよ。

(여행에 갈 거라면, 카메라를 가지고 가는 게 좋아요.)

旅行に行くと、食欲が出る。

(여행에 가면, 식욕이 나온다.)

旅行に行けば、嫌なこともすっかり忘れる。

(여행에 가면, 싫은 것도 완전히 잊어버린다.)

旅行に行ったら、昔の友だちにばったり会った。

(여행에 갔더니, 옛날 친구를 우연히 만났다.)

이와 같은 전후관계의 차이를 알기 쉽게 설명할 수 있는 것이 다음의 예이다.

■예■ (음주운전 금지의 표어)

飲んだら、乗るな。　　　　→「飲んだら」는「마신 후」를 나타낸다.

(마시면, 타지 마시오.)

乗るなら、飲むな。　　　　→「乗るなら」는「타기 전」을 나타낸다.

(탈거라면, 마시지 마시오.)

③ 「なら」의 후건에는 「たら」와 같이 의지·희망·명령·의뢰 등의 표현이 올 수가 있다.

　　　■예■　パリへ行くなら、靴を買ってきて。

　　　　　　(파리에 가면, 구두를 사 와.)

5　부조사

부조사는 체언, 용언, 그 밖에 여러 가지 단어(주로 명사, 또는 문과 문절)에 붙어, 화자의 태도를 나타낸다.

5.1　「は」

① 주제를 나타낸다.

　　　■예■　今年の夏は暑い。

　　　　　　(올해 여름은 덥다.)

② 대비를 나타낸다.

　　　■예■　私は行きません。

　　　　　　(저는 가지 않겠습니다.)

5.2　「も」

① 병립을 나타낸다.

　　　■예■　それは辞書です。これも辞書です。

　　　　　　(그것은 사전입니다. 이것도 사전입니다.)

本も辞書もほしい。

(책도 사전도 갖고 싶다.)

② 의외를 나타낸다.

▎예▎ 30人も来た。

(30명이나 왔다.)

さすがの彼も怒った。

(그 대단한 그도 화를 냈다.)

③ 수량의 견적(어림)을 나타낸다.

▎예▎ 100メートルも歩けば駅に着く。

(100미터 정도 걸으면 역에 도착한다.)

④ 완곡을 나타낸다.

▎예▎ 夜も更けてきました。

(밤도 깊어졌습니다.)

5.3 「こそ」

강조를 나타낸다.

▎예▎ 来年こそ勝つぞ。

(내년이야말로 이겨야지.)

boxed{5.4} 「さえ」

① 극단적 예를 드는 경우 사용된다.

▌예▌ 頭のいい田中さんさえ分からない。

(머리 좋은 다나카씨조차 모른다.)

② 한정을 나타낸다.

▌예▌ この問題に答えさえすればいい。

(이 문제에 대답만 하면 된다.)

boxed{5.5} 「でも」

① 극단적 예를 나타낸다.

▌예▌ 犬でも食べないほどまずいご飯。

(개도 못먹을 정도의 맛없는 밥.)

② 예시를 나타낸다.

▌예▌ お茶でも飲みましょう。

(차라도 마십시다.)

boxed{5.6} 「しか」

한정(뒤에 부정을 동반)을 나타낸다.

▌예▌ あと十分しか時間がない。

(이제 10분 밖에 시간이 없다.)

[5.7] 「まで」

① 의외적 요소를 나타낸다.

█예█ 犬<ruby>犬<rt>いぬ</rt></ruby>にまでばかにされた。

(개에게까지 무시당했다.)

② 한정을 나타낸다.

█예█ <ruby>許<rt>ゆる</rt></ruby>してもらえないなら、<ruby>勝手<rt>かって</rt></ruby>にするまでさ。

(허락해 주지 않는다면, 마음대로 하는 수 밖에.)

[5.8] 「ばかり」

① 한정을 나타낸다.

█예█ テレビばかり<ruby>見<rt>み</rt></ruby>ている。

(텔레비전만 보고 있다.)

② 대략적인 수량을 나타낸다.

█예█ <ruby>図書館<rt>としょかん</rt></ruby>に3<ruby>人<rt>にん</rt></ruby>ばかりの<ruby>人<rt>ひと</rt></ruby>がいた。

(도서관에 3명 정도의 사람이 있다.)

[5.9] 「だけ」

① 한정을 나타낸다.

█예█ 500<ruby>円<rt>えん</rt></ruby>だけ<ruby>持<rt>も</rt></ruby>って、<ruby>買<rt>か</rt></ruby>い<ruby>物<rt>もの</rt></ruby>に<ruby>行<rt>い</rt></ruby>く。

(500엔만 가지고, 쇼핑하러 간다.)

② 대략적인 정도를 나타낸다.

▌예▌ これだけ言えば、分かるだろう。

(이 정도 이야기하면, 알 것이다.)

5.10 「ほど」

대략적인 정도를 나타낸다.

▌예▌ 100円ほどある。

(100엔 정도 있다.)

これほど言っても聞かない。

(이 정도 말해도 듣지 않는다.)

5.11 「くらい」

① 대략적인 정도를 나타낸다.

▌예▌ 同じ本を3回くらい読みなさい。

(같은 책을 3번 정도 읽으세요.)

② 최저한의 의미를 나타낸다.

▌예▌ 返事くらいしなさい。

(대답 정도는 하세요.)

5.12 「など」

① 예시를 나타낸다.

　▌예▌　イタリアでピザなどを食べました。

　　　　（이탈리아에서 피자 등을 먹었습니다.）

② 당연을 나타낸다.

　▌예▌　目玉焼きなど、僕にも作れる。

　　　　（계란 후라이 쯤 나도 만들 수 있다.）

5.13 「きり」

한정을 나타낸다.

　▌예▌　一度きりの学生生活だから、楽しもう。

　　　　（한번 뿐인 학생 생활이니까, 즐겨야지.）

5.14 「なり」

① 예시를 나타낸다.

　▌예▌　せめてひとこと断るなりするべきだ。

　　　　（적어도 한마디 양해라도 해야만 한다.）

② 정해지지 않는 병렬을 나타낸다.

　▌예▌　行くなり行かないなり早く決めろ。

　　　　（가든 안 가든 빨리 정해.）

5.15 「やら」

① 불확실함을 나타낸다.

▋예▋ 彼はいったい何が言いたかったのやら。

(그는 도대체 무엇이 말하고 싶었던 걸까?)

② 병립을 나타낸다.

▋예▋ 悔しいやら情けないやらでだまっていた。

(분하든 한심하든 침묵하고 있었다.)

5.16 「か」

① 불확실한 추정을 나타낸다.

▋예▋ どこかへ行きたいなあ。

(어딘가 가고 싶구나.)

② 선택을 나타낸다.

▋예▋ 行くか行かないか決められない。

(갈지 안 갈지 정할 수 없다.)

▶ 틀리기 쉬운 부조사의 용법

① 「だけ/しか-ない」(한정)

두 가지 표현의 차이는 「-だけ」는 「-」을 한정하는 것에 표현의 포인트가 있는데 대해, 「しか-ない」는 「-ない」라는 것에 표현의 포인트가 있다는 점이다. 예를 들면, 다음에서 위의 예문은 대학 1학년 때 공부하는 내용을 스스로의 의지로 중국어로 한정했다는 것을 나타내는 데 반해, 아래 예문은 대학 1학년 때 공부한 내용이 중국어 이외에는 없다는 것을 후회한다는 심정으로 부정적으로 말하는 것에 표현의 포인트가 있다.

■예■ 大学一年生のときは中国語だけを勉強しました。

(대학 1학년 때는 중국어만을 공부했습니다.)

大学一年生のときは中国語しか勉強しませんでした。

(대학 1학년 때는 중국어밖에 공부하지 않았습니다.)

② だけ/ばかり

다음 예문에서 「太郎ばかり」는 「太郎が用事を言いつけられることが多い」(다로에게 일을 시키는 경우가 많다.)라는 것을 나타내고, 「太郎だけは」는 「用事を言いつけられるのはいつも太郎だ(일을 하는 것은 언제나 다로이다)라는 것을 나타낸다. 즉, 「Aばかり」는 A가 「많은 것」을 나타내는 데 반해, 「Aだけ」는 A이외의 것이 존재하지 않는 것을 나타낸다.

■예■ 兄弟はたくさんいるのに、いつも太郎ばかりが用事を言いつけられます。

(형제가 많이 있는데, 언제나 다로에게 일을 시키는 경우가 많다.)

兄弟はたくさんいるのに、いつも太郎だけが用事を言いつけられます。

(형제가 많이 있는데, 언제나 다로만 일을 한다.)

6 종조사

종조사는 체언이나 용언, 그 밖의 여러 가지 단어에 붙으며, 문말이나 문중의 문절 끝에 붙어 의문, 금지, 감동, 강조 등의 뜻을 나타낸다.

[6.1] 「か」

① 의문을 나타낸다.

　■예■　これは、だれの帽子です**か**。

　　　　(이것은 누구의 모자입니까?)

　　　　あなたも行きます**か**。

　　　　(당신도 갑니까?)

② 반어를 나타낸다.

　■예■　こんなこと、あるものです**か**。

　　　　(이런 일이 있을 수 있는 겁니까?(있을 수 없다).)

　　　　そんなこと、君にできるものです**か**。

　　　　(그런 일을 자네가 할 수 있겠습니까?(할 수 없다).)

③ 영탄을 나타낸다.

　■예■　ああ、今日も雨**か**。

　　　　(아아 오늘도 비구나!)

④ 자기의 원망(願望)·요구를 나타내는데, 이 경우 「ね」를 동반하는 경우가 많다.

　■예■　明日も話に来ない**か**(ね)。

　　　　(내일도 이야기 하러 오지 않을래요?)

6.2 「な」

금지(명령)를 나타낸다.

▓예▓　そんな本は読むな。

（그런 책은 읽지 마.）

決して油断するな。

（결코 방심 하지 마.）

6.3 「な(あ)」

감동을 나타낸다.

▓예▓　よくできたな。

（잘 했네!）

大きな家だな。

（큰 집이구나!）

6.4 「ぞ」

확인, 다짐, 강한지시를 나타낸다.

▓예▓　そら、行くぞ。

（자, 간다!）

だれもそんなところには行かないぞ。

（누구도 그런 곳에는 가지 않아!）

あれ、犬に噛まれるぞ。

（어, 개에게 물리겠어!）

6.5 「よ」

① 감동, 확인, 다짐, 정보제공을 나타낸다.

■예■ ここは静かだよ。

(여기는 조용해요.)

ここは危ないよ。

(여기는 위험해요.)

早く帰れよ。

(빨리 돌아가.)

そんなことはするなよ。

(그런 짓은 하지 마.)

6.6 「とも」

강조(확실한 단정)를 나타낸다.

■예■ A:君は、行くのか。

(너는 갈 거야?)

B:行くとも。

(가고말고.)

A:それは面白いのか。

(그것은 재미있니?)

B:面白いとも。

(재있고말고.)

6.7 「さ」

가벼운 단정, 강조, 확인, 다짐을 나타낸다.

　■예■　ここは学校さ。

　　　　（여기는 학교야.）

　　　　僕も行くさ。

　　　　（나도 갈 거야.）

　　　　それでいいさ。

　　　　（그걸로 됐어.）

　　　　それがさ、大失敗だよ。

　　　　（그게 말이야, 대실패야.）

　　　　今日は図書館に行ってさ、勉強してきた。

　　　　（오늘은 도서관에 가서 말야, 공부하고 왔어.）

6.8 「の」

① 의문을 나타낸다.

　■예■　あなたも行くの？

　　　　（너도 갈 거야?）

② 가벼운 단정을 나타낸다.

　■예■　今日、友だちと映画見に行ったの。

　　　　（오늘, 친구하고 영화 보러 갔었어.）

6.9 「ね(ねえ)」

감동, 영탄, 가벼운 확인·다짐을 나타낸다.

▣예▣　とてもおいしい<u>ね</u>(ねえ)。

(정말 맛있네.)

もう花(はな)も散(ち)る<u>ね</u>(ねえ)。

(벌써 꽃도 지네.)

彼(かれ)は静(しず)かだ<u>ね</u>(ねえ)。

(그는 조용하네.)

それはよかった<u>ね</u>(ねえ)。

(그것 참 잘 됐네.)

▶그 밖의 종조사

① 「わ」

여성들이 주로 사용하는 종조사로 보통형과 정중형에 붙는데, 최근 젊은 여성들은 별로 사용하지 않고 있다.

▣예▣　暑(あつ)くて仕事(しごと)どころじゃない<u>わ</u>。

(더워서 일할 계제가 아니예요.)

② 「っけ」

다음 예문과 같이 주로 「た」형에 붙어 자신의 기억이 확실하지 않은 것을 나타내는 종조사이다.

▣예▣　鍵(かぎ)閉(し)め<u>たっけ</u>。

(열쇠 잠궜던가?)

1. 다음 (   )에 알맞은 조사를 넣으시오.

① 日本に来て、もう5年(   )なります。

(일본에 와서, 벌써 5년이 되었습니다.)

② 私はパソコン(   )ほしいです。

(저는 PC를 갖고 싶습니다.)

③ 風邪(   )学校を休みました。

(감기 때문에 학교를 쉬었습니다.)

④ 母(   )叱られました。

(엄마에게 꾸지람을 들었습니다.)

⑤ こんな簡単な漢字は子供(   )書けます。

(이런 간단한 한자는 아이라도 쓸 수 있습니다.)

⑥ これからデパートへ買い物(   )行きます。

(지금부터 백화점으로 쇼핑하러 갈 겁니다.)

⑦ 鈴木さんは図書館(　　　)仕事をしています。

(스즈키씨는 도서관에서 일을 하고 있습니다.)

⑧ 花子さんは研究室(　　　)います。

(하나코씨는 연구실에 있습니다.)

⑨ 電車(　　　)乗って学校に行きます。

(전철을 타고 학교에 갑니다.)

⑩ 昨日、駅で田中さん(　　　)会いました。

(어제 역에서 다나카씨를 만났습니다.)

2 다음 (　　　)에 가장 알맞은 조사를 고르시오.

① 信号が赤(に/と)変わりました。

(신호가 붉은색으로 변했습니다.)

② 机の上には鉛筆(や/と)ノートなどがあります。

(책상 위에 연필이랑 노트 등이 있습니다.)

③ 彼は絵を壁(へ/に)貼りました。

(그는 그림을 벽에 붙였습니다.)

④ パーティーには十人(じゅうにん)(だけ/しか)来なかった。

  (파티에는 열 명 밖에 오지 않았다.)

⑤ あと、千円(せんえん)(あれば/あると)、このコートが買(か)えたのに。

  (천엔만 더 있었더라면, 이 코트를 살 수 있었을 텐데.)

⑥ 試験(しけん)に(受(う)かれば/受(う)かると)、弁護士(べんごし)になれます。

  (시험에 합격하면, 변화사가 될 수 있습니다.)

현대일본어문법 **제3부**

제1장 보이스(voice, 態)

보이스라는 것은 태(態)라고도 하며, 어떠한 사항을 이야기할 때, 어디에 초점을 맞추어서 서술하는가에 따라 동사의 형태가 바뀌고, 명사의 격도 규칙적으로 바뀌는 현상이다. 대표적인 것으로 수동과 사역, 가능과 자발, 그 외에 수수동사 등을 들 수 있다.

1 수동문

수동문은 동사에 「れる·られる」가 붙은 형태로, 동작을 받는 사람이 주어가 되는 문을 수동문, 동작을 하는 측이 주어가 되는 문을 능동문이라고 한다.

다음 예문의 능동문의 경우, 동작을 하는 사람인 다로(太郎)가 주어가 되고, 수동문의 경우 동작을 받는 하나코(花子)가 주어가 된다.

> **■예■** 太郎が花子を殴った。　　＜능동문＞
>
> (다로가 하나코를 때렸다.)
>
> 花子が太郎に殴られた。　　＜수동문＞
>
> (하나코가 다로에게 맞았다.)

1.1 수동문의 종류

① 직접 수동문

능동문의 「を」격이나 「に」격의 명사구가 수동문의 주어가 되는 수동문을 직접 수동문이라고 한다.

■예■ 親が子供を叱る。　　　　　　　　 <능동문>

(부모가 아이를 꾸짖는다.)

子供が親に叱られる。　　　　　 <수동문>

(아이가 부모에게 꾸지람을 듣는다.)

田中さんは彼女に話しかける。　　 <능동문>

(다나카씨는 그녀에게 말을 건넨다.)

彼女は田中さんに話しかけられる。 <수동문>

(그녀는 다나카씨에게 말을 건네받는다.)

② 간접 수동문

능동문에는 없는 명사구가 수동문의 주어가 되는 수동문이 있는데, 이러한 수동문을 간접 수동문이라고 한다. 간접 수동문은 주어가 어떤 행위나 사건에 의해 간접적으로 피해를 받는 의미를 나타낸다. 따라서, 간접 수동문을 피해의 수동문이라고 하기도 한다.

■예■ 隣の人が騒ぐ。　　　　　　　　 <능동문>

(옆집 사람이 떠든다.)

私は隣の人に騒がれる。　　　　 <수동문>

(나는 옆집 사람이 시끄럽게 해서 피해를 받았다.)

子供が泣く。　　　　　　　　　 <능동문>

(아이가 운다.)

母親は子供に泣かれた。　　　　 <수동문>

(엄마는 아이가 울어서 곤란했다.)

③ 소유주(持ち主) 수동문

다음 예문과 같이 「の」로 나타나는 소유자가 주격이 되어 「は」로 나타나는 수동문을 소유주(持ち主) 수동문이라고 한다.

▊예▊ 誰かが山田さんの名前を呼んだ。

(누군가가 야마다씨 이름을 불렀다.)

山田さんは名前を呼ばれた。

(야마다씨는 이름이 불리워졌다.)

誰かが山田さんの車を壊した。

(누군가가 다나카씨 차를 부수었다.)

山田さんは車を壊された。

(다나카씨 차가 부수어졌다.)

소유주 수동문의 경우, 「山田さんの名前が呼ばれた。」(야마다씨 이름이 불리워졌다.), 「田中さんの車が壊された。」(다나카씨 차가 부수어졌다.)와 같이 되지 않는 것은, 감정을 나타내지 않는 「名前」나 「車」가 주어로서 적당치 않기 때문이다.

[1.2] 수동형을 갖는 동사와 갖지 않는 동사

① 직접 수동문은 능동문의 「を」격이나 「に」격의 명사구가 수동문의 주어가 되므로, 「を」격이나 「に」격을 취하는 동사만 수동문이 될 수 있다.

▊예▊ 兄が弟を叱る。

(형이 동생을 꾸짖는다.)

弟が兄に叱られる。

(동생이 형에게 꾸지람 듣는다.)

田中が小林に声をかける。

(다나카가 고바야시에게 말을 건넨다.)

小林が田中に声をかけられる。

(고바야시가 다나카에게 말을 건네받는다.)

② 간접 수동문에서는 능동문에 포함되지 않는 명사구가 주어가 되므로, 능동문의 동사는 자동사나, 「と」격의 동작의 상대를 취하는 동사, 「を」격이나 「に」격을 취하는 타동사도 간접 수동문이 될 수 있다.

■예■ 隣の人が騒いだ。

(옆집 사람이 시끄러웠다.)

(私は)隣の人に騒がれた。

(나는 옆집 사람이 시끄럽게 해서 곤란했다.)

田中が幸子と結婚した。

(다나카가 사치코와 결혼했다.)

(私は)田中に幸子と結婚された。

(나는 다나카가 사치코와 결혼해서 피해를 받았다.)

先生がライバルをほめた。

(선생님이 라이벌을 칭찬했다.)

（私は）先生にライバルをほめられた。

(나는 선생님이 라이벌을 칭찬해서 싫었다.)

③ 간접 수동문이 될 수 없는 동사

·능력을 나타내는 동사：「できる」(할 수 있다) 및 동사의 가능형

·자발의 의미를 갖는 동사：「見える」(보이다)「聞こえる」(들리다)「売れる」

(팔리다) 등

·무의지 동사로 동사가 나타내는 동작이 다른 것에 영향을 미치지 않은 상태

동사：「ある」(있다)「要る」(필요하다) 등

·이미 수동의 의미를 가지고 있는 동사：「教わる」(가르침을 받다)「見つか

る」(발견되다) 등

1.3 직접수동문의 동작주를 나타내는 격

수동문에서 동작주는 일반적으로 「に」격에 의해 표현되는데, 이외에 「から」격이나 「によって」로도 나타낼 수가 있다. 다음 예는 「に」격을 사용하지 않고, 다른 격을 사용하는 경우이다.

① （AがBにCを）「渡す」(건네다)「送る」(보내다)「与える」(주다) 등 무언가를 받는 사람이 「に」격으로 표현되는 동사의 경우, 수동문의 동작주가 「に」격으로 표현되면 혼란이 생기므로 동작주는 「から」격으로 나타낸다.

■예■ ○ 大会委員長から参加者全員に記念品が渡された。

(대회 위원장으로부터 참가자 전원에게 기념품이 전달되었다.)

× 大会委員長に参加者全員に記念品が渡された。

(대회 위원장에게 참가자 전원에게 기념품이 전달되었다.)

○ 権利は国<u>から</u>与えられるものでなく獲得するものだ。

（권리는 나라로부터 부여되는 것이 아니라 획득하는 것이다.）

× 権利は国<u>に</u>与えられるものでなく獲得するものだ。

（권리는 나라에게 부여되는 것이 아니라 획득하는 것이다.）

② （AがBを）「作る」（만들다）「建てる」（세우다）「書く」（쓰다）「編む」（짜다） 등 생산물이 생기는 동사의 경우, 생산물을 받는 사람이 「に」격으로 표현될 가능성이 있으므로, 동작주는 「に」격이 아니라 「によって」로 나타내는 것이 보통이다.

▌예▌ ○ 法隆寺は聖徳太子<u>によって</u>建てられた。

（호류지는 성덕태자에 의해 세워졌다.）

? 法隆寺は聖徳太子<u>に</u>建てられた。

（호류지는 성덕태자에게 세워졌다.）

○ このケーキは彼<u>によって</u>作られたものだ。

（이 케익은 그에 의해 만들어진 것이다.）

? このケーキは彼<u>に</u>作られたものだ。

（이 케익은 그에게 만들어진 것이다.）

[1.4] 수동문이 사용되는 경우

① 동작주보다 동작을 받는 입장에서 이야기 할 경우, 수동문이 사용된다.

▌예▌ 川上投手は松井選手を三振に<u>打ち取</u>った。

（가와카미 투수는 마쓰이 선수를 삼진으로 잡았다.）

여기에서 마쓰이선수의 입장에서 이야기 할 경우 수동문이 사용된다.

▌예▌ 松井選手は川上投手に三振に打ち取られた。

(마쓰이 선수는 가와카미 투수에게 삼진을 당했다.)

② 복문에서 전건의 주어와 후건의 주어를 맞출 필요가 있을 때, 수동문이 사용된다.

▌예▌ 彼に殴られながら、私は「いつか見返してやる」と思った。

(그에게 맞으면서, 나는 언젠가 복수할거라고 생각했다.)

みんなに愛されて、彼女は幸せそうでした。

(모두에게 사랑받아, 그녀는 행복한 것 같았습니다.)

年齢を聞かれると、29才と答えるようにしている。

(나이를 물으면, 29살이라고 대답하기로 하고 있다.)

특히, 부대 상황을 나타내는「ながら」「つつ」와 원인·이유 및 계기적(継起的)인 의미를 나타내는「て」인 경우, 주어는 반드시 맞추지 않으면 안된다.

▌예▌ × 彼が私を殴りながら、私は「いつか見返してやる」と思った。

(그가 나를 때리면서, 나는 언젠가 복수하겠다고 생각했다.)

× みんなが愛して、彼女は幸せそうでした。

(모두가 사랑해서, 그녀는 행복한 것 같았습니다.)

한편, 조건을 나타내는 접속조사「と」「ば」「たら」나 역접을 나타내는 접속조사「のに」「ても」는 동작주가 명시되어 있는 경우, 능동문으로 표현할 수도 있으나 수동문으로 표현하는 것이 자연스럽다.

■예■ × 年齢を聞くと、29才と答えるようにしている。

(나이를 물으면, 29살이라고 대답하기로 하고 있다.)

× 年齢を聞いても、答えないようにしている。

(나이를 물어도, 대답하지 않도록 하고 있다.)

③ 동작주를 알 수 없는 경우, 수동문이 사용된다.

■예■ この歌は広く歌われている。

(이 노래는 널리 불리어지고 있다.)

④ 불특정한 사람이 동작을 하고, 화자가 그 동작의 영향을 받는 경우도 수동문이 사용된다. 일본어는 화자를 주어로 하는 것이 자연스럽게 느껴지는 경향이 강한 언어이므로, 이 경우 수동문을 사용한 표현이 자연스럽다.

■예■ ? 見知らぬ人が私に道を尋ねました。

(모르는 사람이 나에게 길을 물었습니다.)

○ (私は)見知らぬ人に道を尋ねられました。

(나는 모르는 사람에게 길을 질문 받았습니다.)

⑤ 간접수동은 피해의 의미를 나타내기 위해 사용되며, 특히 원인·이유를 나타내는 「て」절을 포함하는 복문의 후건에 「困る」(곤란하다)「残念だ」(유감이다) 등, 감정을 나타내는 표현이 같이 사용된다.

■예■ 隣の家の人に何時間も大声で騒がれて困った。

(이웃 집 사람이 몇 시간이나 큰 소리로 떠들어서 곤란했다.)

2 사역문

　상대에게 어떠한 행위를 하도록 요구하는 것을 시키는 입장에서 말하는 표현으로, 문말에 「せる・させる」를 첨가하여 만든다.

> ▋예▋ 妹に部屋の掃除を<u>させる</u>。
>
> 　(여동생에게 방청소를 시킨다.)
>
> 子供に本を<u>読ませる</u>。
>
> 　(아이에게 책을 읽게 하다.)

2.1 사역의 의미

① 강제

　행위자의 의지에 관계없이 강제하는 경우에 쓰이는 사역이다.

> ▋예▋ 子供にむりやり薬を<u>飲ませる</u>。
>
> 　(아이에게 억지로 약을 먹게 한다.)
>
> 先生はいやがる田中さんに歌を<u>歌わせた</u>。
>
> 　(선생님은 싫어하는 다나카씨에게 노래를 부르게 했다.)

② 허용, 방임

　행위자가 무언가를 희망하는 경우를 나타낸다.

> ▋예▋ 子供が遊びたがるので、<u>遊ばせて</u>おいた。
>
> 　(아이가 놀고 싶어하므로, 놀게 두었다.)

言いたい人には言わせておけばいい。

(말하고 싶은 사람은 말하게 두면 된다.)

2.2 사역표현을 사용한 그 밖의 표현

① 「(さ)せられる」표현(사역수동 표현)

「走らせられる」「食べさせられる」는 사역수동이라고 불리우는 표현형식으로 스스로의 의지가 아니라, 다른 사람에게 강요되어 한 동작을 나타낸다. 이 경우 강제하는 사람은 「に」격으로 표현된다. 다음 예문은 「選手たちはグランドを走った。」(선수들은 운동장을 달렸다.)에 비해 「コーチに強制されて(いやいや)走った。」(코치에게 강요받아 선수들은(할 수 없이)달렸다.)라는 의미가 첨가되어 있다.

■예■ 選手たちはコーチにグランドを走らせられた。

(선수들은 코치에게 강요받아 운동장을 달렸다.)

太郎は親に嫌いな野菜を食べさせられた。

(부모님은 다로에게 싫어하는 야채를 먹게 했다.)

오단동사의 경우에는 사역수동 표현에 「走らせられる」외에 「走らされる」도 쓰이는데, 후자가 더 일반적이다.

② 「(さ)せてもらう」표현

「させてもらう」형태는 다음과 같이 겸손한 표현으로 자주 사용되지만, 상대의 허가를 얻을 필요는 없다.

■예■ そろそろ帰らせていただきます。

(슬슬 돌아가겠습니다.)

先生の小説、読ませていただきました。

(선생님 소설 읽었습니다.)

3 가능문

가능이란 어떤 인물(또는 그것에 준하는 것)이 어느 동작이나 상태를 실현할 능력을 갖는 것(또는 갖지 않는 것)을 나타내는 표현이다. 가능의 의미를 나타내는 표현은 다음과 같이 정리할 수가 있다.

① 가능동사

예 私は日本語ができる。

(나는 일본어를 할 수 있다.)

田中さんは難しい漢字が読める。

(다나카씨는 어려운 한자를 읽을 수 있다.)

私は納豆が食べられる。

(나는 낫또를 먹을 수 있다.)

② 「-える/-うる」

가능동사와 「-ことができる」보다 문어적인 표현으로 그 행위가 성립할 수 있는 성립여부를 나타내기 때문에 능력을 나타내는 경우에는 쓸 수 없다.

예 そんなこともありえますね。

(그런 일도 있을 수 있겠네요.)

それも考えうる。

(그것도 생각할 수 있다.)

× 田中さんはフランス語が話しうる。

(다나카씨는 프랑스어를 말할 수 있다.)

○ 田中さんはフランス語が話せる。

(다나카씨는 프랑스어를 말할 수 있다.)

③ 「동사 기본형＋ことができる」

대부분의 동사를 가능 표현으로 만들 수 있는 표현으로, 동사의 기본형에 붙는다. 동작성을 띠는 명사는 축약 형태로 표현할 수 있다.

▋예▋ 私はケーキを作ることができる。

(나는 케익을 만들 수가 있다.)

彼は自転車に乗ることができる。

(그는 자전거를 탈 수가 있다.)

私は運転ができる。

(나는 운전을 할 수 있다.)

4 자발문

자발은 저절로 그렇게 된다는 의미를 가지며, 자발의 의미를 나타내는 표현은 「思う」(생각하다) 「思い出す」(생각해 내다) 「偲ぶ」(그리워하다) 「感じる」(느끼다) 「案じる」(걱정하다, 생각해 내다) 등 심정을 나타내는 동사에 한정되어 붙는다. 또한, 「見える」(보이다) 「聞こえる」(들리다)와 같이 자발의 의미를 갖는 동사도 있다.

▋예▋ 彼女がかわいそうに思われて、しょうがなかった。

(그녀가 불쌍하게 생각되어서, 어쩔 수 없었다.)

あ、富士山が見える。

(아, 후지산이 보인다.)

5 수수동사

　　같은 사항을 다른 시점으로 표현하는 것은 많은 언어에서 자주 볼 수 있는 현상이다. 일본어에서「買う(사다)·売る(팔다)」「貸す(빌려주다)·借りる(빌리다)」「教える(가르치다)·教わる(가르침을 받다)」등은 같은 사항을 주는 측과 받는 측의 시점에서 표현한 것이다. 수수동사인「あげる」(행위의 방향이 화자에게서 청자, 제3자에게 향함)「くれる」(행위의 방향이 청자, 제3자로부터 화자에게 향함)「もらう」(행위를 받는 자가 주어가 됨)에 의한 표현과 동사「て」형에 수수동사가 붙은「-てあげる」(-해 주다)「-てくれる」((상대가) -해 주다)「-てもらう」(-해 받다)도 다른 시점에서 같은 사항을 표현하는 특징을 가지는 형태이다.

■예■ 友だちにお土産をあげました。

(친구에게 선물을 주었습니다.)

姉がお菓子をくれました。

(언니가 과자를 주었습니다.)

姉からお菓子をもらいました。

(언니에게 과자를 받았습니다.)

子供に絵本を読んであげました。

(아이에게 그림책을 읽어 주었습니다.)

母がお菓子を買ってくれました。

(엄마가 과자를 사 주었습니다.)

母にお菓子を買ってもらいました。

(엄마에게 과자를 사 받았습니다.)

　　일본어에는 수수동사인 「やる」「あげる」「さしあげる」와 접속조사 「て」가 복합된 형태인 「-てやる」「-てあげる」「-てさしあげる」와 같은 표현이 있는데, 이러한 표현을 사용할 때는 주의가 필요하다. 특히, 손윗사람에 대해 「-てさしあげる」를 사용하는 것은 실례가 된다. 예를 들어, 「これ、さしあげます。」(이거 드리겠습니다.)와 같은 표현은 그다지 문제가 되지 않지만, 「先生、この本、貸してさしあげましょうか。」(선생님, 이 책, 빌려 드릴까요?)와 같은 표현은 일본어에서는 상대편, 즉, 선생님에게 책을 빌려 주고 그것에 대해 생색내는 표현이 되기 때문에　실례가 된다. 이런 경우는 겸양 표현인 「先生、この本、お貸ししましょうか。」「先生、この本、使ってください。」와 같은 표현을 사용하는 것이 좋다.

제2장 텐스(tense, 時制)와 아스펙트(aspect, 相)

시간을 나타내는 표현은 크게 두 가지로 나누어진다. 한 가지는 발화시와의 시간적 전후관계를 나타내는 텐스이고, 또 한 가지는 사건의 시간적 성질을 나타내는 아스펙트이다.

1 텐스

텐스는 일반적으로 시제(時制)라고 번역되는데, 텐스가 나타내는 내용은 화자가 이야기하고 있는 시점을 기준으로 그 이전인가, 이후인가를 나타내는 표현이다. 즉, 어느 한 시점을 기준으로 하여 어떠한 사건이 기준 시점 당시에 일어난 일인가(현재), 그 이전에 일어난 일인가(과거), 아니면 그 이후에 일어날 일인가(미래)를 나타내는 것이다. 이러한 텐스를 생각할 때에는 술어의 「る」형과 「た」형을 구별할 필요가 있다.

■「る」형과 「た」형

	「る」형	「た」형
동사	-ます 사전형 -ません -ない	-ました -た -ませんでした -なかった
형용사	-い(です) -くない(です) -くありません	-かった(です) -くなかった(です) -くありませんでした
형용동사 명사+だ	-です -だ -である -ではありません -ではない	-でした, -だったです -だった -であった -ではありませんでした -ではなかった

「た」의 용법

　「た」형이란 문말에서 사용되는 술어가 「た」(「だった」: 형용동사, 명사+「だ」의 경우)로 끝나는 것이다. 공손형(丁寧形), 보통형, 이들의 부정형도 포함된다. 「た」에는 크게 과거와 완료의 의미가 있다. 다음의 각각의 두 번째 예문에서 「た」는 표면적으로는 같은 것 같으나 대답하는 방법이 다르다. 이것은 「た」의 의미가 다르기 때문이다.

1.1.1 과거를 나타내는 경우

■예■ 昔々、あるところにおじいさんとおばあさんがありました。
　　(옛날옛날 어느 곳에 할머니와 할아버지가 살고 있었습니다.)

(오후 6시경에)

A: 昼ご飯を食べましたか。
　(점심 먹었습니까?)

B1: ○ はい、食べました。
　　(예, 먹었습니다.)

　　× はい、もう食べました。
　　(예, 벌써 먹었습니다.)

B2: ○ いいえ、食べませんでした。
　　(아니오, 먹지 않았습니다.)

　　× いいえ、まだ食べていません。
　　(아니오, 아직 먹지 않았습니다.)

예문 A의 「た」형은 과거를 나타낸다. 오후 6시에는 점심을 먹을 찬스가 없으므로, 「昼ご飯を食べる。」(점심을 먹는다.)라는 행위는 과거에 일어났다고 밖에 해석할 수 없다.

1.1.2 완료를 나타내는 경우

　■예■　レポート、もうできた？
　　　(레포트, 벌써 썼어?)

　(오후 1시경에)

A: 昼ご飯を食べましたか。
　　(점심 먹었습니까?)

B1: ○　はい、食べました。
　　　　(예, 먹었습니다.)

　　　○　はい、もう食べました。
　　　　(예, 벌써 먹었습니다.)

B2: ×　いいえ、食べませんでした。
　　　　(아니오, 먹지 않았습니다.)

　　　○　いいえ、まだ食べていません。
　　　　(아니오, 아직 먹지 않았습니다.)

　예문 A의 「た」형은 완료를 나타낸다. 완료는 기준이 되는 시점(기준시)이전에 동작이나 사건이 완결된 것을 나타낸다.

1.1.3 그 외의 「た」

① 현재의 인식

▌예▐ あ、バスが来_きた。

(아, 버스가 왔다.)

探_{さが}していた財布_{さいふ}、ここにあったのか。

(찾고 있었던 지갑 여기에 있었네.)

위의 두 예문은 과거로도 완료로도 볼 수 없다. 버스는 아직 정류장에 오지 않았고, 지갑은 현재 눈앞에 있다. 이 경우의 「た」는 과거, 완료의 「た」가 아니라, 버스가 오거나 지갑이 있는 것을 인식했다는 것을 나타내는 인식의 「た」라고 볼 수 있다.

② 재인식

▌예▐ 君_{きみ}、田中君_{たなかくん}だったね。

(자네가 다나카군이었던가?)

위의 예문은 과거의 인식에 대해 「た」로 다시 한번 인식하는 재인식의 「た」라고 볼 수 있다.

③ 과거로서의 인식

▌예▐ ありがとうございました。

(감사했습니다.)

おめでとうございました。

(축하합니다.)

위의 예문에서의 「た」는 감사나 축하의 마음은 지금도 계속되고 있지만, 감사하거나 축하하고 싶은 사건을 과거로서 인식하고 있으므로 「た」를 사용한 것이다.

1.2 「る」의 용법

문말에서 사용되는 술어 중 「た」형 이외의 것을 가리킨다. 공손형(丁寧形), 보통형, 이들의 부정형도 포함되지만, 「-ている(-ています)」「-ていない(-ていません)」로 끝나는 「-ている」형은 포함되지 않는다.

1.2.1 현재

① 존재나 소유를 나타내는 상태동사의 「る」형이나 동사이외의 술어의 「る」형은 현재를 나타낸다. 이와 같은 상태동사, 형용사, 형용동사, 명사+「だ」를 정적술어라고 한다.

> **예** かごの中にウサギがいます。
> (바구니 안에 토끼가 있습니다.)
> このチーズはおいしい。
> (이 치즈는 맛있다.)
> 田中さんは学生だ。
> (다나카씨는 학생이다.)
> 本は机の上にあります。
> (책은 책상 위에 있습니다.)

② 「食べる」(먹다)와 같은 동작 동사나 「降る」(내리다)와 같은 작용을 나타내는 동사의 「る」형은 미래를 나타낸다. 이러한 술어를 동작 술어라고 한다. 이러한 동사가 현재를 나타내기 위해서는 「-ている」형을 사용한다.

■예■ 山田さんはレストランで夕食を食べています。　＜현재＞

(야마다씨는 레스토랑에서 저녁을 먹고 있습니다.)

雨が降っています。　　　　　　　　　　　　　＜현재＞

(비가 내리고 있습니다.)

1.2.2 미래

① 「見る」(보다)「休む」(쉬다)와 같은 동작 동사나 작용을 나타내는 동사의 「る」형은 미래를 나타낸다. 이때의 동사는 미래에 확실하게 일어날 것이라는 것을 나타낸다.

■예■ 今晩、映画を見ます。　　　　＜미래＞

(오늘 밤에 영화를 볼 겁니다.)

ちょっと休みます。　　　　＜미래＞

(좀 쉬겠습니다.)

② 상태동사나 형용사, 명사 술어문의 「る」형이 미래 시제의 부사와 함께 사용되어 미래를 나타낸다.

■예■ 今日は午後から授業があります。

(오늘은 오후부터 수업이 있습니다.)

今週の日曜日は忙しいです。

(이번주 일요일은 바쁩니다.)

来年から大学生です。

(내년부터 대학생입니다.)

1.3 상대텐스, 절대텐스

다음 예문 중 B의 종속절의 「た」형은 파리에 가는 것이 가방을 사는 것보다 전에 행해진 것을 나타내고, 주절의 「た」는 가방을 사는 것이 발화시보다 전에 일어난 것을 나타낸다. 이와 같이 종속절의 텐스는 주절의 텐스에 의해 상대적으로 정해지는데 이를 상대텐스라고 한다. 또한, A의 「行く」는 발화시 이전의 사건을, D의 「行った」는 발화시 이후의 관계를 나타낸다. 이와 같이 주절의 텐스는 발화시와의 관계로 정해지는데 이를 절대텐스라고 한다.

■예■   A. パリへ行くとき、カバンを買いました。   (買う→行く)

(파리에 갈 때, 가방을 샀습니다.)

B. パリへ行ったとき、カバンを買いました。   (行く→買う)

(파리에 갔을 때, 가방을 샀습니다.)

C. パリへ行くとき、カバンを買います。   (買う→行く)

(파리에 갈 때, 가방을 살 겁니다.)

D. パリへ行ったとき、カバンを買います。   (行く→買う)

(파리에 갔을 때, 가방을 살 겁니다.)

1.4 초시간적인 표현

명사+「だ」, 형용사, 형용동사, 동사 등의 「る」형은 시간을 초월하여 불변의 진리, 자연법칙 등을 나타낼 수 있다.

■예■   冬は寒い。

(겨울은 춥다.)

太陽は東のほうから昇る。

(태양은 동쪽에서 뜬다.)

2 아스펙트

아스펙트는 동작 사건이 어느 단계를 나타내는가, 즉, 동작, 사건의 개시, 계속, 종료 등의 시간적 성질에 관한 것이다. 아스펙트를 갖는 것은 동사에 한정되며, 일본어의 대표적인 아스펙트 형태에는 「る」「た」「-ている」「-てある」「-ておく」「-ていく」「-てくる」「-てしまう」「ます형＋はじめる/おわる/つづける」 등을 들 수 있다.

「-ている」는 아스펙트 중에서 계속을 나타내는 가장 전형적인 형태로, 「-ている」에는 다음과 같은 의미가 있는데, 이것은 동사에 의해 정해진다.

[2.1] 계속

「食べる」(먹다) 「降る」(내리다)와 같은 동작이나 작용을 나타내는 동사의 「-ている」는 동작이나 작용의 계속을 나타낸다.

■예■ 田中さんはレストランで夕食を食べています。

(다나카씨는 레스토랑에서 저녁을 먹고 있습니다.)

彼は運動場を走っています。

(그는 운동장을 달리고 있습니다.)

雨が降っています。

(비가 내리고 있습니다.)

風が吹いています。

(바람이 불고 있습니다.)

[2.2] 상태

다음의 「すぐれる」(훌륭하다) 「そびえる」(솟다) 「似る」(닮다) 「曲がる」(구부

러지다)와 같은 동사의 「-ている」는 상태를 나타낸다. 이들 동사는 항상 「-ている」의 형태로 쓰인다.

▨예▨ すぐれている。
(훌륭하다.)
そびえている。
(솟아있다.)
似ている。
(닮다.)
道が曲がっている。
(길이 구부러져 있다.)

2.3 결과 상태

「死ぬ」(죽다) 「割れる」(깨지다) 「溶ける」(녹다)와 같이 변화를 나타내는 동사 (변화동사)의 「-ている」는 변화된 결과 상태의 계속을 나타낸다.

▨예▨ 教室の窓ガラスが割れています。
(교실 창유리가 깨어져 있습니다.)
虫が死んでいます。
(벌레가 죽어 있습니다.)

또한, 「行く」(가다) 「来る」(오다) 「帰る」(돌아오다)와 같은 이동동사의 「-ている」는 「死ぬ」(죽다) 「割れる」(깨지다) 「溶ける」(녹다)와 같은 변화를 나타내는 동사(변화동사)의 「-ている」와 같이 상태의 계속을 나타낸다. 「行く」(가다) 「来る」(오다) 「帰る」(돌아오다) 등의 동사는 주어가 있는 위치의 변화를 나타내는 것이라고도 할 수 있다.

▐예▐ 山田さんは中国に行っています。

(야마다씨는 중국에 가 있습니다.)

弟は私の家に来ています。

(남동생은 우리 집에 와 있습니다.)

2.4 경력

다음 예문에서의 「-ている」는 경력을 나타낸다.

▐예▐ 彼は二度結婚している。

(그는 두 번 결혼했다.)

入試に二回落ちている。

(시험에 두 번 떨어졌다.)

2.5 아스펙트가 없는 동사

「ある」「いる」와 같은 존재를 나타내는 동사나 가능형과 같은 상태를 나타내는 동사의 「-ている」형은 없다. 이것은 상태동사가 아스펙트 대립을 갖지 않는다는 것을 의미한다.

2.6 그 밖의 아스펙트 표현

① 직전을 나타내는 경우

・-かける・かかる(막 -하려 하다.)

▐예▐ 彼女は倒れかけている。

(그녀는 막 쓰러지려고 하고 있다.)

・ーようとしている(ー하려고 하다.)

　　｢예｣ ご飯を食べようとしている。

　　　　(밥을 먹으려 하고 있다)

・ーするところだ(ー하려는 참이다.)

　　｢예｣ 今、出かけるところだ。

　　　　(지금 막 나가려는 참이다.)

② 개시를 나타내는 경우

・ーかける(ー하기 시작하다.)

　　｢예｣ 電話のベルが鳴りかけた。

　　　　(전화 벨이 울리기 시작했다.)

・ー始める(ー하기 시작하다.)

　　｢예｣ 学生たちは勉強をし始めました。

　　　　(학생들은 공부를 하기 시작했습니다.)

・ー出す(ー하기 시작하다.)

　　｢예｣ 雨が降り出しました。

　　　　(비가 내리기 시작했습니다.)

③ 진행 중임을 나타내는 경우

・ーしているところだ。(ー하고 있는 중이다.)

　　｢예｣ ご飯を食べているところです。

　　　　(밥을 먹고 있는 중입니다.)

③ 직후, 종결을 나타내는 경우

・-たところだ(-한 참이다.)

　　▊예▊　ご飯を食べたところです。

　　　　　(밥을 다 먹은 참입니다.)

・-終わる/-終える(-끝나다/끝내다)

　　▊예▊　本を読み終えました。

　　　　　(책을 다 읽었습니다.)

　　　　　飲み終わりました。

　　　　　(다 마셨습니다.)

제3장 모달리티(modality, 叙法)

1 모달리티

문은 객관적 사실을 나타내는 부분과 그 사실에 대한 화자의 태도를 나타내는 부분으로 나누어지는데 전자를 명제, 후자를 모달리티라고 한다. 즉, 모달리티는 단정, 확신, 추량, 전문 등과 같이 어떠한 사건에 대한 화자의 입장을 나타낸 말이다.

```
 たぶん    ┌─────────────────────┐   だろう
          │  あした  あめが  ふる  │
          │      객관적 사실(명제)     │
          └─────────────────────┘

          객관적 사실에 대한 화자의 태도(모달리티)
```

1.1 단정을 나타내는 표현

단정을 나타내는 표현이란 명제에 대해 화자가 단정적으로 판단하여 서술하는 형식을 말한다. 대표적인 표현으로「だ」, 동사, 형용사, 형용동사, 이들의 부정형, 과거형, 과거부정형, 「です」「ます」와 같은 표현도 단정을 나타내는 표현이라 할 수 있다.

> **예** あの人は田中さんの奥さんだ。
> (저 사람은 다나카씨의 부인이다.)

この部屋は静かだ。

(이 방은 조용하다.)

彼は必ず来る。

(그는 반드시 온다.)

結局、彼女は来ませんでした。

(결국 그녀는 오지 않았습니다.)

[1.2] 추량을 나타내는 표현

① 「だろう」(정중표현 「でしょう」)

■예■ 明日は雨が降るだろう。

(내일은 비가 올 것이다.)

彼はきっと来るでしょう。

(그는 꼭 올 것입니다.)

② 「かもしれない」

어느 정도의 가능성을 나타내는 표현이다.

■예■ 彼は来るかもしれない。

(그는 올지도 모른다.)

③ 「はずだ」「にちがいない」

어느 정도의 확신을 가지고 말하는 표현이다.

■예■ 彼は来るに違いない。

(그는 올 것임에 틀림없다.)

彼は<ruby>来<rt>く</rt></ruby>るはずだ。

(그는 틀림없이 올 것이다.)

1.3 추정을 나타내는 표현

① 「そうだ」1

외관, 징후를 나타내는 표현(양태) 「そうだ」는 형용사, 형용동사에 붙으면, 대상의 외관으로부터 그 성질을 추정하는 의미가 된다. 또한, 동작이나 변화를 나타내는 동사에 붙으면, 동작, 변화를 일으키는 징후를 나타낸다.

예　このケーキはおいしそうです。

(이 케익은 맛있을 것 같습니다.)

このワープロは<ruby>便利<rt>べんり</rt></ruby>そうです。

(이 워드프로세서는 편리할 것 같습니다.)

<ruby>山田<rt>やまだ</rt></ruby>さん、<ruby>上着<rt>うわぎ</rt></ruby>のボタンが<ruby>落<rt>お</rt></ruby>ちそうですよ。

(야마다씨 윗도리의 단추가 떨어질 것 같아요.)

(<ruby>空<rt>そら</rt></ruby>が<ruby>曇<rt>くも</rt></ruby>っていることから)<ruby>雨<rt>あめ</rt></ruby>が<ruby>降<rt>ふ</rt></ruby>りそうだ。

((하늘이 흐린 것을 보고) 비가 내릴 것 같다.)

② 「ようだ」(みたいだ)「らしい」

「ようだ」「みたいだ」는 상황으로부터의 판단을 나타내는 표현이다. 「ようだ」는 문장체나 격식을 차린 말투에 사용되며, 「みたいだ」는 「ようだ」와 같은 의미를 나타내지만, 회화체에 사용되는 표현이다. 즉, 「ようだ」「みたいだ」는 의미의 차이는 없지만, 문체에 차이가 있다. 또한, 「らしい」도 상황으로부터의 판단을 나타내는 경우에 사용된다.

▓예▓ 会員がそろったようですので、会議を始めたいと思います。

(회원이 모인 것 같으므로 회의를 시작하겠습니다.)

(荷造りしている状況から)彼女は旅行に行くようだ。

((짐을 싸고 있는 상황으로부터)그녀는 여행 가는 것 같다.)

この店は休みみたいですから、別の店に行きましょうか。

(이 가게는 쉬는 것 같으니까 다른 가게에 갈까요.)

(高橋さんがせきをしている状況から)高橋さんはかぜを引いている
らしいです。

((다카하시씨가 기침을 하고 상황으로부터)다카하시씨는 감기 걸린 것
같습니다.)

하지만, 「らしい」는 「ようだ」(みたいだ)보다 무책임한 뉘앙스를 띄기 쉬우므로,
다음과 같이 책임을 가지고 발언하지 않으면 안 되는 경우는 「ようだ」(みたいだ)
는 쓸 수 있지만, 「らしい」는 쓸 수 없다.

▓예▓ ○ 胃が弱っているようです。この薬を飲んでください。

(위가 약해져 있는 것 같습니다. 이 약을 드세요)

○ 胃が弱っているみたいです。この薬を飲んでください。

(위가 약해져 있는 것 같습니다. 이 약을 드세요)

× 胃が弱っているらしいです。この薬を飲んでください。

(위가 약해져 있는 것 같습니다. 이 약을 드세요)

● 「らしい」는 다음 예문과 같이 명사에 붙어, 그 명사의 전형적인 성질을 나타내
는 접미사적 용법이 있다. 이 용법은 위에서 다루었던 추정 용법과는 의미적으
로도 다르다. 접속에 있어서도 추정을 나타내는 「らしい」는 명사 외에 형용사,

형용동사, 동사에 붙지만, 접미사 「らしい」는 명사에만 접속한다.

■예■ 彼の格好はいかにも芸術家らしいですね。

(그의 차림새는 정말 예술가답네요.)

人のものを盗むなんて、彼らしくない行動ですね。

(다른 사람 물건을 훔치다니, 그답지 않은 행동이군요.)

1.4 전문을 나타내는 표현 「そうだ」2

「そうだ」는 타인으로부터 듣거나, 책에서 읽거나, 뉴스에서 보거나 해서 알고 있는 사항을 나타낸다. 이 표현은 정보원을 나타내는 「-によると」(-에 의하면) 「-の話では」(-의 이야기로는) 등과 같이 사용되는 경우가 많다.

■예■ 先輩の話では、月曜日のゼミは役に立つそうです。

(선배 이야기로는, 월요일의 세미나는 도움이 된다고 합니다.)

新聞によると、明日は雨だそうです。

(신문에 의하면, 내일은 비가 내린다고 합니다.)

추량과 추정의 차이

추량 표현과 추정 표현은 어떠한 차이점이 있을까? 추량과 추정 표현 모두 화자가 어떠한 사항을 판단한다는 점에 있어서는 동일하지만, 그 판단의 근거에 차이점이 있다. 추정은 화자가 어떠한 근거를 가지고 판단하는 것이고, 추량은 근거가 없이 행하는 판단이라는 점에서 차이가 있다. 예를 들어, 다음의 첫 번째 예문은 아무런 근거 없이 그는 꼭 올 것이라고 판단하는 추량 표현이고, 두 번째 예문은 직접 짐을 싸고 있는 상황을 보면서, 그녀가 여행 가는 것 같다고 판단하는 추정 표현이다. 이 외에 추량 표현에는 「だろう」「かもしれない」「はずだ」「にちがいない」 등이 있고, 추정 표현에는 「そうだ」「らしい」 등이 있다.

예 彼はきっと<u>来るでしょう</u>。

(그는 꼭 올 것입니다.)

(荷造りしている状況から)彼女は旅行に<u>行くようだ</u>。

((짐을 싸고 있는 상황으로부터)그녀는 여행 가는 것 같다.)

제4장 경어

경어라는 것은 상대와 화제의 인물에 대한 경의를 나타내는 표현이다. 경어가 사용되는 경우는 윗사람(선생님, 직장상사, 연장자 등)과 이야기할 때, 모르는 사람이나 친하지 않은 사람과 이야기 할 때, 공식적인 장소에서 이야기할 때 등이다. 이러한 경어는 거의 모든 언어에 존재하지만, 그중에서도 일본어는 경어가 매우 발달한 언어 중의 하나이다. 일본어의 경어는 크게 화제 인물에 대한 경의를 나타내는 소재경어와, 상대에 대한 경의를 나타내는 대자경어로 나누어지는데, 소재경어는 존경어, 겸양어가 있고, 대자 경어에는 공손어가 있다. 이 외에 말을 아름답고 우아하게 표현하기 위한 미화어도 경어에 포함시키는 경우가 있다.

1 소재경어와 대자경어

1.1 소재(素材)경어

화제의 인물, 즉 동작이나 상태의 주체에 대한 경의를 나타내는 것이다. 다음 예문에서는 화제의 인물, 즉 동작의 주체인 선생님에 대한 경의만 표현되어 있고, 상대에 대한 경의는 포함되어 있지 않다.

■예■ 先生はもうお帰りになった？

(선생님은 벌써 귀가하셨어?)

1.2 대자(対者)경어

장면(場面)경어라고도 하며, 상대에 대한 경의를 나타내는 표현이다. 「先生はも

うお<ruby>帰<rt>かえ</rt></ruby>りになった？」에 비해 다음 예문은 화제의 인물인 선생님에 대한 경의뿐만 아니라, 상대에 대한 경의도 표현되어 있다.

◼예◼ <ruby>先生<rt>せんせい</rt></ruby>はもうお<ruby>帰<rt>かえ</rt></ruby>りになりましたか？

(선생님은 벌써 귀가하셨습니까?)

하지만, 다음 예문과 같이 화제의 인물과 상대가 동일 인물인 경우도 있다. 이 경우, 다나카씨는 화제의 인물임과 동시에 이야기 상대이기도 하다.

◼예◼ (<ruby>田中<rt>たなか</rt></ruby>さんに<ruby>対<rt>たい</rt></ruby>して)<ruby>田中<rt>たなか</rt></ruby>さんはもうお<ruby>昼<rt>ひる</rt></ruby>を<ruby>召<rt>め</rt></ruby>し<ruby>上<rt>あ</rt></ruby>がりましたか？

(다나카씨는 벌써 점심을 드셨습니까?)

존경어와 겸양어는 소재경어이고, 공손어는 대자경어이다.

2 존경어

존경어는 다음 예문과 같이 화제의 인물, 즉, 동작이나 상태의 주체에 대한 경의 표현이다.

◼예◼ <ruby>先生<rt>せんせい</rt></ruby>はもうお<ruby>帰<rt>かえ</rt></ruby>りになりましたか。

(선생님은 벌써 귀가하셨습니까?)

お<ruby>客様<rt>きゃくさま</rt></ruby>は<ruby>玄関<rt>げんかん</rt></ruby>にいらっしゃいます。

(손님은 현관에 계십니다.)

● 존경어의 형식

　<동사>

　① 특수한 형태

　　　▨예▨　いらっしゃる(계시다), 召し上がる(드시다) 등

　② お(ご)+동사의 연용형+になる

　　　▨예▨　お待ちになる(기다리시다), お教えになる(가르치시다) 등

변격동사와 1음절인 동사, ①과 같이 특수한 형이 있는 경우, 보통 이 형태는 사용하지 않는다.

　③ 동사의 미연형＋れる・られる

　　　▨예▨　書かれる(쓰시다), 教えられる(가르치시다) 등

「できる」(할 수 있다) 「分かる」(알다, 이해하다)와 같은 동사나 동사의 가능형에는 이 형태는 사용하지 않는다. 일반적으로 ③에 비해, ①②가 더 정중한 표현이다.

　<명사>

　① 그 명사로 나타내는 인물을 높여 주는 것

　　　▨예▨　こちら, そちら, あちら, どちら, どなた, どのかた

　　　　　　-さん, -様, -氏, -方(先生方) 등

　② 그 명사의 소유자를 높여 주는 것

「お」는 고유어(和語), 「ご」는 한자어(漢語)에 붙는 규칙이 있지만, 예외도 있다.

■예■ お―お名前, お仕事, お部屋, お手紙, お留守,

ご―ご住所, ご両親, ご兄弟, ご家族, ご研究

예외) お時間, お電話, お食事, お宅

<형용사, 형용동사>

사람의 상태를 나타내는 형용사에는 「お」「ご」를 붙여 존경어가 되는 것이 있다. 이 경우도 「お」는 고유어(和語), 「ご」는 한자어(漢語)에 붙는다.

■예■ 「お」―お忙しい, お暇, お寂しい, お早い 등

「ご」―ご多忙, ご心配, ご不満, ご満足 등

예외) お元気

3 겸양어

겸양어는 동작의 주체를 낮추어서, 상대적으로 동작을 받는 상대에 대한 경의(그 사람의 소유물 포함)를 나타내는 표현이다. 다음 예문에서는 동작을 받는 상대인 사장, 만난다는 동작을 받는 연구실의 소유주인 선생님에 대한 화자의 경의가 나타나 있다.

■예■ 私はゆうべ社長を車でお送りしました。

(나는 어젯 밤 사장님을 차로 배웅했습니다.)

先生の研究室をぜひ拝見したいです。

(선생님 연구실을 꼭 보고 싶습니다.)

● 겸양어의 형식

<동사>

① 특수한 형태

▓예▓ 申す(아뢰다), 致す(하다) 등

② お(ご)+동사의 연용형+する

▓예▓ お待ちする(기다리다), お教えする(가르치다) 등

ご案内する(한자어동사, 안내하다) 등

<명사>

동작에 관계되는 명사에는 「お」「ご」를 동반하여 겸양어가 되는 것이 있다.

▓예▓ お電話, お話, ご相談, ご連絡, ご案内 등

先生、ちょっと ご相談があるんですが。

(선생님, 좀 상의 드릴게 있는데요.)

겸양어는 동작의 대상에 대한 경의를 나타내는 것이므로, 상대가 존재하지 않는
동작에 겸양어를 사용할 수 없다.

▓예▓ × 昨日、図書館に伺った。

(어제 도서관에 갔다.)

○ 昨日、先生の研究室に伺った。

(어제 선생님 연구실로 찾아뵈었다.)

× 昨日、テレビを拝見しました。

(어제 텔레비전을 보았습니다.)

○ 昨日、田中さんが出演された番組を拝見しました。

(어제 다나카씨가 출연하신 프로그램을 보았습니다.)

■ 경어동사

존경어	보통어	겸양어
召し上がる	食べる・飲む	いただく
いらっしゃる	いる	おる
いらっしゃる	行く	参る・伺う
いらっしゃる	来る	参る・伺う
ご存じだ	知っている	存じておる
なさる	する	致す
おっしゃる	言う	申す
お会いになる	会う	お目にかかる
ご覧になる	見る	拝見する

4 공손어(丁寧語)

공손어는 공손한 말을 사용함에 따라 상대에 대한 경의를 나타내는 표현이다. 대표적인 것은 문말의 「です」「ます」가 있다. 다음의 첫 번째 예문에서는 화제의 인물인 선생님에 대한 경의만이 나타나 있지만, 두 번째 예문에는 문말에 공손어를 사용함에 따라 상대에 대한 경의도 표현하고 있다.

▋예▋ 先生がいらしゃったから、お茶をお出ししたよ。

(선생님이 오셔서, 차를 대접했어.)

先生がいらしゃったから、お茶をお出ししましたよ。

(선생님이 오셔서 차를 대접했습니다.)

5 미화어

미화하는 품격있고 우아한 말투로 이야기하기 위해 사용되는 표현이다. 미화어는 소재경어도 대자경어도 아니나, 일본어교육에서는 경어에 준하는 것으로 취급하고 있다. 미화어에서도 「お」는 고유어(和語), 「ご」는 한자어(漢語)에 붙는 규칙이 있지만, 예외도 있다.

▋예▋ 「お」―お茶, お菓子, お寿司, お店, お手洗い

「ご」―ご飯

예외) お天気, お食事

명사에 붙는 「お(ご)」는 존경어, 겸양어로 사용되는 경우도 있으므로, 주의가 필요하다.

▋예▋ わざわざお電話をありがとうございます。　　　＜존경어＞

(일부러 전화주셔서 감사합니다.)

後ほどこちらからお電話をかけさせていただきます。　＜겸양어＞

(나중에 제가 연락 드리겠습니다.)

일본어에 있어서의 안(内)과 밖(外)의 개념과 상대경어와 절대경어

일본의 회사에서는 「部長がいらっしゃいました。」(부장님이 가셨습니다.)와 같이 회사 사람끼리 회사 내의 사람에 대해 이야기할 때에는 존경어를 사용한다. 그러나, 회사 사람끼리가 아닌 회사 외의 사람에게 회사 내의 사람에 대해 이야기할 때는 「部長が参りました。」(부장이 갔습니다.)와 같이 겸양어를 사용한다.

일본에서는 한국어와 달리 가족이나 조직 외의 사람에게 가족이나 자기 조직 내의 사람에 대해 이야기할 때는, 그 사람이 손윗사람이나 지위가 높은 사람이라고 해도 경어를 사용하지 않는다. 이렇게 가족이나 조직 내의 인물을 조직 외의 인물에게 낮추어 이야기하는 경어를 <상대경어>라고 한다. 또한, 한국어에서는 가족이나 조직 내의 인물, 조직 외의 인물에 대하여 손윗사람이나 지위가 높은 사람이면 높여 이야기 하는데, 이러한 경어를 <절대경어>라고 한다.

「今の授業上手でした」와 「先生も行きたいですか」는 왜 오용일까?

일본어에서는 손윗사람에 대해 칭찬하거나, 의지나 의향을 물어서는 안된다는 경어상의 룰이 존재한다. 예를 들어, 선생님에 대해 「先生、今の授業、とても上手でした。」(선생님, 지금 수업, 너무 잘하셨습니다.)와 같은 표현이나, 사장님에 대해 「社長も飲み会にいらっしゃいたいですか。」(사장님도 술자리에 가시고 싶으세요?)와 같은 표현은 각각 선생님과 사장님에게 실례가 된다. 우선 「先生、今の授業、とても上手でした。」와 같은 표현의 경우, 선생님이 좋은 수업을 하는 것은 선생님으로서 당연한 일이기 때문에, 그것을 굳이 말로 표현하여 칭찬하는 것이 아니라는 것이다. 또한, 일본어에서는 「社長も飲み会にいらっしゃいたいですか。」와 같이 상대방의 의지나 의향을 직접적으로 묻는 것은 상대방의 실례가 되므로, 이런 경우, 직접적으로 의지나 의향을 묻기 보다는 「いらっしゃいませんか。」(가시지 않겠습니까?)와 같은 권유 표현을 사용하는 것이 좋다.

▪ 참고문헌

会田貞夫・中野博之・中村幸弘編(2004)『学校で教えてきている現代日本語の文法』右文書院
庵功雄他著(2002)『初級を教える人のための日本語文法ハンドブック』スリーエーネットワーク
庵功雄(2003)『やさしい日本語のしくみ』くろしお出版
井口厚夫・井口裕子著、名柄迪監修(2004)『日本語文法整理読本-解説と演習-』バベル・プレス
市川保子(2005)『初級日本語文法の教え方のポイント』スリーエーネットワーク
佐竹秀雄他著(2005)『日本語を知る磨く敬語の教科書』ベル出版
佐藤武義(2002)『現代の日本語』白帝社
田町健・井上優著(2002)『日本語文法のしくみ』研究社
寺村秀夫他編(2002)『ケーススタディ日本文法』おうふう
野田尚史(1994)『はじめての人の日本語文法』くろしお出版
林巨樹他編(2004)『日本語文法がわかる事典』東京堂出版
東中川かほる・東雲裕子(2003)『独りで学べる日本語文法』凡人社
平林周祐・浜由美子共著、名柄迪監修(1988)『外国人のための日本語例文・問題シリーズ』
荒竹出版
藤原雅憲(1999)『よくわかる文法』アルク
益岡隆志・田窪行則共著(2003)『基礎日本語文法-改訂版-』くろしお出版
松村明編(1981)『日本文法大辞典』明治書院
森山卓郎(2000)『ここからはじまる日本語文法』ひつじ書房
山口明穂・秋元守英(2001)『日本文法大辞典』明治書院
山田敏弘(2004)『国語教師が知っておきたい日本語文法』くろしお出版

해답편

제1부

제2장 문, 문절, 단어(p. 10)

1　① 문절 : 3　/　단어 : 6
　　② 문절 : 2　/　단어 : 4
　　③ 문절 : 5　/　단어 : 7
　　④ 문절 : 4　/　단어 : 6
　　⑤ 문절 : 7　/　단어 : 13

제2부

제1장 품사분류(p. 20)

1　① 자립어 : ある, 日, 私たち, 公園, 遊び, 行き
　　　　부속어 : は, に, に, まし, た
　　② 자립어 : 祖父, 今, ソウル, 住ん, い　/　부속어 : は, に, で, ます
　　③ 자립어 : お金, 要ら, 彼, 言い　/　부속어 : は, ない, と, は, まし, た
　　④ 자립어 : 彼, 山田さん, 義理, お父さん　/　부속어 : は, の, の, です
　　⑤ 자립어 : 田中さん, 毎日, 運動, し, い　/　부속어 : は, を, て, ます

2　① 日本-명사, は-조사, 島国-명사, だ-조동사
　　② 彼-명사, は-조사, まじめな-형용동사, 学生-명사, だ-조동사
　　③ ああ-감동사, とても-부사, 青い-형용사, 海-명사, だ-조동사, な-조사
　　④ 寒い-형용사, ので-조사, 窓-명사, を-조사, 閉め-동사, た-조동사
　　⑤ 本当に-부사, きれいな-형용동사, 人-명사, です-조동사, ね-조사

▌제2장▌ 명사(p. 31)

1　① それ-대명사, 一冊(いっさつ)-수사, いくら(복합명사)

　② 私(わたし)-보통명사, 山田(やまだ)-고유명사

　③ ここ-대명사, 身動(みうご)き-복합명사

　④ 彼女(かのじょ)-대명사, 英語(えいご)-보통명사, 先生(せんせい)-보통명사

　⑤ 家(うち)-보통명사, 犬(いぬ)-보통명사, 一匹(いっぴき)-수사

2　① 복합명사 - お中(なか)(접두어＋명사)　/　복합명사 - 食(た)べ物(もの)(동사의 연용형＋명사)

　② 복합명사 - 買(か)い物(もの)(동사의 연용형＋명사)

　③ 복합명사 - 私(わたし)たち(명사＋접미어)　/　복합명사 - お店(みせ)(접두어＋명사)

　④ 복합명사 - 近道(ちかみち)(형용사의 어간＋명사)

　⑤ 복합명사 - 立(た)ち話(ばなし)(동사의 연용형＋동사의 연용형)

3　① 近(ちか)く　/　② 悲(かな)しみ　/　③ ごまかし　/　④ 助(たす)け　/　⑤ 思(おも)い

4　① 형식명사　/　② 보통명사　/　③ 형식명사　/　④ 보통명사　/　⑤ 보통명사

▌제3장▌ 연체사(p. 38)

1　2, 4

2　① わが　/　② きたる　/　③ あらゆる　/　④ たいした　/　⑤ さる

▌제4장▌ 부사(p. 49)

1　① 정도부사　/　② 진술부사　/　③ 정도부사　/　④ 정도부사　/　⑤ 진술부사

2　① たとえ　/　② ぜひ　/　③ けっして

3　① 명사＋명사　/　② 동사＋조사　/　③ 명사＋조사

┃제5장┃ 접속사(p. 57)

1 ① 역접 / ② 선택 / ③ 전환
2 ① 조사 / ② 부사 / ③ 접속사 / ④ 대명사+조사 / ⑤ 대명사+조사
3 ① それとも / ② すなわち / ③ さて / ④ しかも / ⑤ ところが

┃제6장┃ 감동사(p. 62)

1 ① もしもし-부름 / ② はい-응답 / ③ あら-감동
2 ① 감동사 / ② 조사(종조사) / ③ 감동사 / ④ 조사(종조사)

┃제7장┃ 동사(p. 81)

1 ① ぬが / ② 会っ / ③ さ / ④ いらっしゃい / ⑤ おっしゃっ
2 ① 가정형, 연용형 / ② 미연형 / ③ 미연형 / ④ 명령형 / ⑤ 연용형
3 ① 동사의 연용형+동사 / ② 형용사의 어간+접미어 / ③ 명사+동사
④ 명사+접미어 / ⑤ 동사의 연용형+동사 / ⑥ 동사의 연용형+동사
⑦ 동사+접미어
4 ① 타동사, 開く / ② 자동사, 出す / ③ 자동사, 並べる
④ 자동사, 集める / ⑤ 자동사, 消す

┃제8장┃ 형용사(p. 94)

1 ⑤, うれしゅうございます
2 ① 美しかっ / ② 安けれ / ③ 暑く / ④ おもしろい / ⑤ 嬉しく
3 ① 명사+접미어 / ② 접두어+형용사 / ③ 명사+형용사
④ 동사의 연용형+형용사 / ⑤ 형용사의 어간+형용사
⑥ 명사+형용사 / ⑦ 동사의 연용형+형용사
4 ① 연체형 / ② 연용형 / ③ 가정형, 연용형 / ④ 종지형

▌제9장▐ 형용동사(p. 103)

1 ① 便利<ruby>べん<rt></rt></ruby>利<ruby>り<rt></rt></ruby>だろ / ② きれいなら / ③ 静<ruby>しず<rt></rt></ruby>かだっ

      ④ きれいだ / ⑤ まじめな

2 ① 형용사의 어간+접미어+조동사

      ② 명사+형용사의 어간+조동사

      ③ 명사+접미어+조동사

3 ① 가정형 / ② 연용형 / ③ 미연형 / ④ 연체형 / ⑤ 연용형

▌제10장▐ 조동사(p. 121)

1 ① 読<ruby>よ<rt></rt></ruby>ませ / ② 行<ruby>い<rt></rt></ruby>きたく / ③ 降<ruby>ふ<rt></rt></ruby>りそうな / ④ 知<ruby>し<rt></rt></ruby>らなかろ / ⑤ 食<ruby>た<rt></rt></ruby>べる

2 ① 형용동사형 활용 / ② 형용사형 활용 / ③ 동사형 활용

      ④ 무활용 / ⑤ 특수형 활용

3 ① 자발 / ② 존경 / ③ 가능 / ④ 수동, 가능 / ⑤ 가능

4 ① 명령형 / ② 종지형 / ③ 연용형 / ④ 연체형, 연용형 / ⑤ 미연형

▌제11장▐ 조사(p. 157)

1 ① に / ② が / ③ で / ④ に / ⑤ でも

      ⑥ に / ⑦ で / ⑧ に / ⑨ に / ⑩ に

2 ① に / ② や / ③ に / ④ しか / ⑤ あれば / ⑥ 受<ruby>う<rt></rt></ruby>かれば

이묘희(李妙熙) Myo-hee Lee

- 한국외국어대학교 일본어과 졸업
- 한국외국어대학교 대학원 졸업(문학석사)
- 일본 도호쿠대학 대학원 졸업(문학박사)
- 현재 충남대학교 일어일문학과 교수
- 일본어학 전공
- 저서 및 논문
『일본어학의 이해』
『근대어부조사의 국어사적 연구』
「일본어 부조사 'など'류의 의미와 구문」외 다수

금종애(琴鍾愛) Jong-ae Keum

- 충남대학교 일어일문학과 졸업
- 일본 도호쿠대학 대학원 졸업(문학석사)
- 일본 도호쿠대학 대학원 졸업(문학박사)
- 현재 충남대학교 일어일문학과 강사
- 일본어학 전공
- 논문
「일본어 방언에 있어서의 담화표식의 출현경향」
「동경 방언에 있어서의 담화전개 방법」
「미야기현 센다이시 방언에 있어서의 담화전개 방법의 세대차」외 다수

현대일본어문법

초판인쇄 2007년 8월 14일
초판발행 2007년 8월 28일

저   자 이묘희 · 금종애
발 행 처 제이앤씨
등   록 제7-220호

132-040
서울시 도봉구 창동 624-1 현대홈시티 102-1206
TEL (02)992-3253(代)   │ FAX (02)991-1285
e-mail jncbook@hanmail.net │ URL http://www.jncbook.co.kr

ISBN 978-89-5668-514-4 93830   정가 11,000원